CORÍN TELLADO

# La pureza de Matilde

Título: La pureza de Matilde

*Barquillo, 21. 28004 Madrid (España)* www.puntodelectura.com

ISBN: 84-663-0984-5
Depósito legal: M-30.042-2003
Impreso en España – Printed in Spain

Cubierta: MRH
Fotografía de cubierta: GETTY IMAGES
Diseño de colección: Ignacio Ballesteros

Impreso por Mateu Cromo, S.A.

CORÍN TELLADO

# La pureza de Matilde

*Una mujer debe dar gracias a Dios*
*de que su marido tenga algún defecto.*
*Un marido intachable*
*es un peligroso observador.*

LORD HALIFAX

# 1

Carlos Estévez se apoltronaba, medio derrumbado en un sofá y daba grandes y profundas chupadas a un cigarrillo, cuyo humo expelía por boca y nariz y a la vez sus negros e inquisidores ojos seguían perezosos la silueta de Jaly.

Hablaba sin cesar, pero tampoco se detenía, de modo que Carlos además de seguirla con los ojos, la escuchaba con la ceja alzada, como si todo cuanto decía Jaly le estuviera sorprendiendo e interesando.

—Así que ya lo sabes —farfullaba Jaly al tiempo de moverse con increíble agilidad pese a sus bien cumplidos cuarenta años—, la abuela Inés nunca le dio explicaciones, el notario tampoco lo hizo y tú andabas por el mundo viviendo tu vida. Apareciste por aquí hace un año justamente cuando falleció la caduca señora Navarro. Me topaste a mí, que bregué siempre con todo este tinglado en calidad de veterinario, de jefe, de administrador y de viuda de un sinvergüenza que hizo muy bien al fallecer de accidente.

—¿No puedes dejar de moverte, Jaly, y hablar como las personas? Porque pienso que el asunto nos interesa tanto a uno como a otro. Yo en calidad de heredero y tú en calidad de todo eso que has hecho por este patrimonio. ¿Sabías tú que un día, al fallecer la dama, esposa de mi difunto abuelo, todo pasaría a la rama paterna, es decir, a mí?

—Claro. Toda la vida, desde que cumplí veintiún años y me enterré en esta finca en calidad de veterinario y cometí el error de casarme con el encargado, capataz y administrador, oí decir las mismas cosas. Que la vieja y caduca dama era usufructaria de por vida de algo que no les pertenecía a sus propios herederos.

—Es decir, a los Navarro.

—Exactamente.

Carlos decidió levantarse.

Vestía pantalón de pana, altas polainas leguis y una camisa a cuadros despechugada. El negro cabello lacio le caía un poco hacia la frente. Él lo sopló y se fue a servir un brandy.

Con la ancha copa en la mano, removiendo el dorado líquido fue a apoltronarse de nuevo en el diván estirando las piernas.

—Y ahora viene el drama, ¿no?

—¿Por qué? —protestó Jaly, que dicho en verdad era despejada, ágil y vital—. No tiene por qué existir tal drama. Yo fui siempre la encargada de ir a Ginebra a visitar a la interna.

—Pero tienes en tu poder una carta y en ella te dicen que adoptes una postura como tutora de la chica. O sacarla o convencerla para que profese.

—Eso es una de tantas barbaridades que se escriben para quedar bien y no gastar nada. Mat no tiene vocación de monja. Esto por un lado, y por otro, yo soy su tutora sólo en sentido figurado, pues Mat tiene veinte años y por lo tanto es mayor de edad y no necesita tutora.

—Pero que yo sepa tampoco posee dinero.

—Una pequeña renta que heredó de su propia madre, si bien es tan exigua que, tal como están las cosas en el sentido económico, no le alcanzará ni para comprar horquillas —se alzó de hombros—. Te diré más, pienso que si bien jamás mencionó la fortuna que supone el patrimonio de los Estévez, nunca dudó en cuanto a que no sería jamás de su pertenencia.

—¿Entonces?

—La iré a buscar. La aprecio, Carlos. Como te puedo apreciar a ti a quien nada me acerca referente a parentesco. Has estudiado fuera, venías por aquí de vacaciones, la abuela no te miraba bien...

—No era mi abuela.

—De acuerdo. Pero tú la llamabas así...

—Y sabía de sobra que el día que ella falleciera yo heredaría todo este imperio.

—Eso siempre la fastidió muchísimo, pero marginando lo que pudiera sentir la señora, te digo que yo te aprecio desde el principio. Dejaste todo en mi poder y creo haberlo llevado bien.

—Me pregunto por qué no has vuelto a casarte siendo aún guapa hoy a tus cuarenta y algunos más.

Jaly se alzó de hombros.

Vestía pantalones de montar, una camisa blanca y un pañuelo en torno a la garganta.

—Mi único marido fue un canallita insoportable. Y además yo no necesito marido para realizarme como mujer ni para mantenerme. Soy veterinario y gano más que suficiente trabajando por esta comarca y administrando tus bienes. Y si te queda alguna duda te diré que de vez en cuando me largo a la capital y vivo mi vida. ¿He de ser más explícita?

—Ni pensarlo. Te entiendo y te admiro. Continúa con el asunto de tu pupila. Porque pienso que teniendo tanto ascendiente sobre la difunta, has permitido que una chica de veinte años se pudra en un convento cerrada a cal y canto. Porque será muy suizo y lo que gustes, pero por los informes recibidos es también de una severidad ochocentista.

—Efectivamente —se condolió Jaly—, la pobre Matilde es más pura que una flor silvestre, sólo que con una educación esmeradísima, unos modales exquisitos y una ingenuidad increíble que me dio rabia quitársela de encima.

—¿Y bien?

* * *

Jaly miró entorno.

El salón era un despliegue de comodidad y confort. Un poco anticuado quizá, pero con ese sabor de solera que agrada siempre. Los ventanales que bordeaban dicho salón, permitían ver todo el campo de trigo maduro, montones de personas recogiendo la cosecha de patatas y muy al fondo una hilera de casitas como cuarteles en los cuales vivían los trabajadores jornaleros fijos de la hacienda.

También se veían bosques y lejísimos una valla que bordeaba una especie de montículo en el cual se movía el ganado de lidia.

Allí dentro, en cambio, en el salón había una chimenea enorme apagada, muchos sofás, mesas y sillones, cuadros de firmas privilegiadas por las paredes, alfombras persas cubriendo el suelo y se diría que aquel mundo de elegancia, nada tenía que ver con las faenas del campo que se escuchaban desde el interior.

—Te has preguntado qué vas a hacer con respecto a esa jovencita.

—Te escuché, Carlos. Lo tengo bien pensado. Iré a buscarla.

—Y la traerás aquí.

—Exactamente, salvo que tú dispongas lo contrario. Sé que sabes mucho del campo, al fin y al cabo por algo eres Ingeniero Agrónomo, pero has vivido a borbotones por el mundo entretanto los demás cuidaban de tu patrimonio. Ahora has arribado y te encuentras con todo este tinglado. Yo te pregunto, ¿te vas a quedar o te irás de nuevo?

Carlos no lo sabía.

Había recorrido el mundo de parte a parte y poseía tanto dinero que la herencia de la esposa de su abuelo maldito si le alegraba. Era una carga más.

Por otra parte Jaly siempre la llevó honestamente, con habilidad y con justicia. La gente del contorno la amaba y la admiraba y hasta la adusta señora muerta, a su manera la había apreciado.

Él quizá más que nadie. Jaly era una persona abrumadoramente sincera, abrumadoramente alegre y abrumadoramente afectuosa y para mayor «inri» abrumadoramente honesta.

—Por un tiempo me quedaré —decidió—. Al fin y al cabo ya estoy cansado de ir de un lado a otro y en el último safari que tomé parte, estuve a punto de ser devorado por un león, lo cual me dejó algo aterrado. Nunca me disgustó el campo y el ganado de lidia me fascina. Sí, Jaly, por un tiempo voy a quedarme.

—¿No has pensado en casarte?

Carlos hizo un gesto de horror.

—¿Casarme?

—Tienes demasiado dinero y ahora que te cayó encima este patrimonio, lo lógico es que busques un heredero propio, no vaya a pasarte como a la vieja dama difunta, que por no tener hijos de su marido, todo el patrimonio pasó a los herederos de su suegro.

—¿Y Matilde? Porque se apellida Navarro como la difunta.

—Pero no era abuela de Matilde. Era hija de una parienta que falleció al dar a luz y la difunta se quedó con ella y la educó a su manera.

—Manera de educar que tú no compartiste nunca.

No preguntaba.

Jaly dio una cabezadita.

—Si algo me descompone es encerrar a los pájaros cantores. Y eso fue lo que hicieron con Matilde, la metieron a los ocho años en un convento rigurosísimo y ahora tiene veinte. Tú me dirás.

—La vieja tenía sus manías.

—Gordísimas, pero yo siempre se las toleré. Al fin y al cabo jamás dejé de considerarla una resentida —hizo un gesto vago—. Lo disimulaba bien, y en el fondo, muy en el fondo, no era nada mala. A ti mismo, sólo con verte los veranos y sabiendo que un día heredarías todo esto, te apreciaba.

—Nunca me demostró tal afecto.

—Pero yo te digo que te apreciaba —sacudió la cabeza—. Pero bueno, nos apartamos de la cuestión. Debo cambiarme de ropa, subir al auto e irme al aeropuerto. Pasado mañana pienso estar de regreso con Matilde.

Carlos bebió lo que quedaba en la copa y chasqueó la lengua.

—Tú quieres a esa muchacha, ¿verdad, Jaly?

La aludida dio una cabezadita.

—Fui siempre la encargada de ir por Ginebra, sacarla algún día de paseo y en ciertos veranos hasta me permitieron viajar con ella. La última vez que la vi fue recién fallecida la anciana. Hace ahora justamente un año, cuando tú apareciste llamado por el notario a hacerte cargo del patrimonio. Recuerda que te hablé de la chica y te pregunté si pensabas continuar pagando el internado o sacándola de él.

—Te dije que lo seguiría pagando y que de momento no tenía deseo alguno de novedades en este imperio porque prefería hacerme con sus riendas solo.

—Lo has conseguido —aceptó Jaly—. Muy bien, Carlos. Pero ahora con esa carta hay que decidir y creo que ya lo hemos decidido.

—Por supuesto, si es como tú dices, no estorbará. Que viva y despliegue sus alas. Para ella verse en un mundo abierto puede resultarle odioso.

Jaly se quedó pensativa.

Era una mujer aún bella, o muy bella si somos sinceros. Sus cuarenta y pocos años no los representaba. Delgada, esbelta, con la melena corta rubio oscuro, los ojos azules picarescos, una boca fresca y una sonrisa, casi, casi, pensaba Carlos imparcialmente, cautivadora.

Pensaba también que el capataz casado con ella debió de ser muy bestia para no apreciar lo que le tocaba por esposa.

Pero eso estaba muy lejos.

Él contaba veintisiete años y a los diecisiete ya era viuda Jaly. Es decir que su marido le duró menos de un año.

El que Jaly nunca más volviera a casarse y se dedicara a la administración de aquel patrimonio y a su profesión de veterinario lo entendió sólo con el tiempo, cuando oía a Jaly hablar despectivamente del difunto marido.

—Me pregunto —decía Carlos marginando sus propios pensamientos— cómo es que me aconsejas a mí casarme y tú sigues ahí viuda y sin querer saber nada de ataduras.

—Pero es que yo ya pasé por el círculo del futbolín —rió divertida— y tú no entraste nunca. Además no todas las personas tienen la misma suerte.

—Yo soy un tipo independiente y afectuoso, Jaly, pero detesto los lazos corredizos. Prefiero vivir a mi aire y si la herencia tiene que pasar a otra familia, que pase. No voy a desgraciar mi vida por conservarla.

—Bueno —apuntó Jaly alzándose de hombros—. Lo mejor y más conveniente es que vaya a vestirme. Tengo el tiempo justo de hacerlo, subir al auto y tomar el avión que me llevará a Ginebra.

—No me has dicho aún si consideras que Matilde se adaptará a esto. Sale de un convento cerrado a cal y canto, pero este campo también tiene sus limitaciones.

—Es una persona enormemente ingenua, enormemente pura, enormemente crédula. La han educado de un modo severo, con una distinción esmerada, pero entiendo que la vida es algo más que eso. Confiemos en que aquí se despabile. Por otra parte, el campo tiene sus limitaciones, pero la ciudad no está lejos y por la autopista se llega en seguida.

Alguien reclamaba a Jaly desde el patio y como aquélla se iba a cambiar salió Carlos en lugar de ella.

## 2

El avión volaba hacia Madrid, para hacer corta escala y continuar a Sevilla.

Jaly fumaba entretanto leía la prensa del día. A su lado Matilde se limitaba a mirar en torno sin demasiado entusiasmo.

Jaly pensaba que Matilde no tenía mucha conversación, y en dialéctica estaba perfectamente bien, pero la recortaba de tal modo que era capaz de pasarse en silencio horas.

Tampoco eso la pillaba de sorpresa. La discreción y Matilde eran casi la misma cosa.

Para comprarle ropa en una boutique de Ginebra hubo de recurrir a toda su persuasión. Matilde lo aceptaba todo, pero no era fácil saber si le agradaba o no, así que terminó por vestirla como le gustaba a ella. Moderna y bien.

No necesitó llevarla a la peluquería. Tenía un pelo rubio, liso, natural, que peinaba con sencillez y le tapaba parte de la mejilla.

Unos ojos azules enormes y muy expresivos.

Jaly pensaba que Matilde no necesitaba hablar demasiado para hacer saber lo que pensaba, le gustaba o le disgustaba. Sus ojos hablaban por ella.

Alta y delgada, resultaba muy fácil vestirla y además tenía una elegancia propia y una clase que sin duda adquirió a través de doce años de internado o quizá, pensaba para ser justa, nació con ella.

Le había ofrecido fumar y Mat (ella siempre la llamaba así) le dijo sencillamente que nunca había fumado y no le interesaba aprender.

—Vivirás en una enorme finca. Ya no te acordarás de ella.

Las frases de Jaly rompieron un poco el silencio existente.

Mat dio una cabezadita.

—Poco.

—¿Recuerdas si te agradaba vivir allí?

—No demasiado.

—Tampoco has conocido nunca a Carlos Estévez.

Meneó la cabeza denegando.

Lo lógico, pensaba Jaly, sería que le preguntase quién era, pero Mat mantuvo los labios sellados.

Eran rojos y húmedos y no los había querido pintar cuando en la boutique le cambiaron el uniforme impersonal por aquellas ropas que parecían (cosa rara) haber estado siempre sobre su cuerpo. Es decir, pensaba Jaly, que tiene estilo.

Que es agradable, que todo le sienta bien.

—Carlos Estévez es ahora el dueño de la finca y todo el patrimonio.

—Ah.

—Perteneció a su abuelo y fue pasando de padres a hijos, pero como resulta que tu abuela no los tuvo...

—No era mi abuela —dijo Mat sin atormentarse.

Jaly dio una cabezadita.

—Pero se comportó como si lo fuera.

—Cierto.

—¿Te gusta el campo o no te gusta el campo?

Mat hizo un gesto vago.

—De momento, no sé aún lo que realmente me gusta.

—No entiendo cómo has pasado en un convento doce años y no has estudiado una carrera.

—La abuela Inés lo decidió así.

—Pensaba con los pies, Mat. Yo con mis cuarenta y dos, a los veinte escasos ya era veterinario —sonrió apenas como si pretendiera darle confianza a Mat—. En aquella época estudiar una mujer y encima una carrera era un desafío social. Pero a mí me gustaba desafiar.

Matilde la miraba algo sonriente.

—Has hecho bien, Jaly.

—¿Y por qué tú no te rebelaste?

—Hay situaciones que te obligan y te sujetan. Yo aprendí idiomas. Domino cuatro.

Jaly casi dio un salto.

—¿Tantos?

—Sí. Y los escribo y leo correctamente.

La azafata decía por el micro que dejaran de fumar y se abrocharan los cinturones. Que el avión se detendría en los vuelos internacionales veinte minutos y que continuarían hacia Sevilla.

—Allí tengo el auto —murmuró Jaly—. De Sevilla a la finca hay unos quince kilómetros; por la autopista se llega en menos de un cuarto de hora sin apurar el acelerador. —Y sin transición—: ¿Sabes conducir?

—No.

—Y además de los cuatro idiomas, ¿qué más cosas sabes?

—Pinto, toco el piano bastante bien, tengo la carrera de piano, pero no me gusta demasiado. Monto a caballo y sé llevar una conversación discreta y elegante en una reunión.

Jaly pensó que todo eso lo aprendía una dando patadas por la vida y que no hacía falta para saberlo encerrarse en un convento doce años interminables.

—Las monjas dicen que no tienes vocación de monja.

Matilde distendió los labios en una sutil sonrisa.

—Tengo vocación de madre, de esposa.

Jaly se asombró.

—¿Sí? —interrogó casi divertida.

—Me gustan los niños —le explicó Mat con brevedad—. Últimamente el convento se iba abriendo a la vida moderna y montaron una guardería. Yo era la encargada.

—Es decir, que si quisieras te hubieras podido quedar en Ginebra trabajando de puericultora.

—Sí.

—Pero has preferido otra cosa.

El avión aterrizaba y se pegaba a los vuelos internacionales.

—¿Quieres bajar? —preguntó Jaly—. Si te apetece estiramos las piernas.

—Bueno.

Salieron y dieron paseos por el aeropuerto internacional.

—Si se te antoja algo para comprar, aquí todo es más barato.

—No necesito nada.

Jaly se fijaba en que miraban a Matilde.

Los hombres en particular.

Era una chica que sin ser guapa tenía algo que llamaba la atención.

Su pelo, su esbeltez, sus ojos...

Cuando veinte minutos después se acomodaron en el avión y aquél remontó vuelo, Jaly dijo:

—Los colonos tienen hijos y siempre nos faltan maestros.

—¿Sí?

—Como te gustan los niños... Hay una escuela y la maestra falta cada dos días.

—La supliré si no os importa.

—Nos encantará.

—¿Te importará vivir con unas personas que no conoces?

Matilde la miró desconcertada.

—A ti te conozco y te aprecio.

—Lo sé, hijita, lo sé. Pero yo allí soy una trabajadora.

—Yo también lo seré. Si no me gusta vivir en el campo te lo diré. Yo no suelo mentir nunca.

—Pero te puedes sacrificar sin necesidad.

—A ti te diré la verdad.

Jaly se calló porque entendía que Matilde era así, como era y a ella le gustaba cómo era Matilde.

Cuando más tarde el avión tomó tierra, descendieron las dos. Jaly no portaba más que un maletín de viaje y Matilde otro algo mayor, de una tela de colores agabardinada.

Ya en el auto, Jaly, al volante, comentaba tomando la autopista.

—Desde mañana te enseñaré a conducir. En el campo sin auto, no se hace nada. Además a una le gusta trasladarse a Sevilla. Es una ciudad divina, llena de flores y limpieza.

* * *

Carlos había tomado sus deberes en serio.

La finca rendía mucho, producía buenas aceitunas y mucha uva, amén del trigo y la patata.

Estaba harto de recorrer el mundo, de vivir y de gozar.

Aquel trabajo en la finca al aire y al sol le tonificaba.

La verdad es que él nunca deseó la muerte de la anciana para hacerse con aquel patrimonio.

Pero puesto que había muerto y heredaba todo el imperio como Ingeniero Agrónomo y como trotamundos cansado, el campo era casi, casi un sedante.

No se hallaba en el gran palacete cuando retornó Jaly con la interna.

Pero sí vio el auto bajo el cobertizo y apresuradamente se perdió en la casa y buscó a la veterinario.

La topó en el salón sirviéndose un refresco y aún con ropas de viaje.

Carlos la admiró toda la vida y reconocía que pese a las duras faenas, a los partos de las vacas y a los contratiempos de los toros de lidia, Jaly era una persona muy femenina y tenía una elegancia natural que no se desprendía nunca de ella aunque usara su lenguaje abierto y desenfadado.

Porque Jaly era persona de este mundo.

Moderna, enterada y desdeñando represiones y morbosidades.

—Ya estás aquí —miraba en torno—. ¿Y Matilde?

—Ah, hola, Carlos. ¿Qué tal andas? ¿Cómo te las arreglas?

Venía sudoroso.

Su camisa a cuadros se le pegaba al cuerpo.

Su pantalón de pana y sus leguis debían de producirle un calor insoportable y eso que en la casa funcionaba el aire acondicionado.

Se fue a mover el termostato farfullando:

—Bien, pero afuera se asa uno. Esto está poco frío.

—No me hieles, Carlos.

—¿Dónde está la chica?

—Luego la conocerás. Es muy atractiva, ¿sabes?

—Eso ya me lo has dicho más veces.

—Hemos venido hablando en el avión —se servía otro refresco—. Lo poco o mucho que habla Matilde, que no es precisamente demasiado. Domina cuatro idiomas.

Pensó que iba a asombrar a Carlos, pero éste comentó tranquilamente:

—Después de doce años en un convento internacional, es lo menos que podía saber.

—Dice que su vocación es la de madre y esposa.

Eso sí desconcertó a Carlos.

—¿Sí?

—Eso dijo. Y yo le propuse ocuparse de la escuela cuando falta la maestra. Y a propósito de ésa, ¿por qué diablos toleramos que desaparezca cada dos por tres?

—Porque no a todas les gusta el campo y se van de fines de semana de cinco días.

—No estoy para gracias tontas, Carlos.

—Perdona. Quiero decir que tal vez consideran que una vez a la semana es más que suficiente sacrificio para ellas.

—Pues lo mejor es darle a Matilde la escuela en propiedad.

—¿Pero es maestra?

—¿Y quc importa? Esto te pertenece y nadie te obliga a que busques una maestra cualificada. Una maestra por vocación y gustándole los niños, puede ser más importante, digo yo.

—¿Y quiere ella?

—¿No te digo que le encantan los críos? Estuvo últimamente a cargo de la guardería del convento.

—Hablaremos con ella sobre el particular.

Se oían pasos y Jaly dijo siseante:

—Me parece que viene ahí.

Carlos se miró todo aturdido.

No era presumido, pero tenía pinta de labriego y el sudor casi le empapaba el pelo negro y la camisa.

—¿Sabe que lo he heredado yo todo?

—Supongo. No hablamos de eso en profundidad, pero por lo poco que dijo no lo ignora.

—¿Y se quedará aquí?

—Pregúntaselo a ella.

Matilde aparecía en el salón mirando aquí y allí. Al ver a Jaly se le alegraron los ojos.

—Me gusta el cuarto —dijo con voz armoniosa.

—Me alegro, Mat. Mira, te presentó a Carlos Estévez. De momento vive con nosotros.

Ella volvió la cara y sus ojos azules tropezaron con los de Carlos.

—Hola —dijo avanzando y estirando la mano.

Carlos, algo aturdido, limpió la suya en el pantalón de pana antes de asir los dedos femeninos.

—Hola, Mat. Espero que te encuentres aquí mejor que en el convento.

—Gracias. Eso espero.

—¿Quieres tomar algo?

—No gracias. Daré una vuelta por el campo.

—Si me esperas, me daré un baño, me cambiaré de ropa y te acompaño.

—No te preocupes —dijo ella sonriente—. Prefiero captar la hermosura del campo en soledad.

Con otra media sonrisa, se alejó a paso corto.

# 3

—Es una chica preciosa, Jaly —ponderó Carlos impresionado.

Jaly le frenó con la mirada.

—¿Puedo confiar en ti, Carlos?

—¿Qué dices?

—Lo que oyes. Lo entiendes perfectamente. Una cosa es tratar a las mujeres mundanas y otra... a una chiquita de éstas.

Carlos no se veía seduciendo a Mat.

En cambio sí que había seducido a montañas de mujeres desde los quince años. Porque él empezó muy pronto a vivir, y de tal modo, que a su edad casi se sentía un viejo, cuando otros empiezan en esos momentos.

—Jaly, habré sido un trotamundos —lo decía muy serio y Jaly le creía—, habré seducido y habré vivido como un sediento. Pero sé perfectamente que esto es sagrado.

—Ten cuidado. Tú no estás por el matrimonio, pero Mat no entiende la pareja sin sacramento.

—¡Porras!

—Te lo digo para que te vayas dando cuenta de que Mat es una chica decente al máximo, ingenua a más no poder, pura hasta resultar pedante. Para ella los modernismos no existen. Tiene muy buena facha, pero no deja de ser una valiosa joya metida en un estuche hermético.

—Seré prudente al máximo, pero estimo que me encantará ser su amigo.

—No su maestro, Carlos.

Él rió algo aturdido.

—La tentación es fuerte, pero te doy mi palabra.

—¿Cuántas veces en cuestiones de mujeres habrás dado palabra?

Carlos cayó sentado y estiró los leguis polvorientos.

Muchas, reconocía para sí.

Siempre que vio una chica guapa, le juró amor.

¿Para qué engañarse?

Además él era enamoradizo.

Una semana, dos y pensaba que era la última.

Pero a las tres aparecía otra y después otra y siempre así.

—Empecé a vivir el amor demasiado joven, Jaly —confesó—. Debe ser ese el motivo de la sequedad de mis sentimientos.

—Por eso te lo advierto. Enamorar a una chiquita como Mat, debe ser muy fácil. Abstente.

—¿Qué harías si la enamorara?

—Llevo en este lugar más de veinte años. Pues bien, me iría con ella.

—Así.

—Así.

Carlos bostezó.

—No soy tan ruin, Jaly —y levantándose—. Estoy pensando en lo de la maestra. Hace tres días que falta Beatriz y no parece que regrese. Si lo hace le diré que no vuelva.

Jaly agudizó la mirada.

—¿Qué plan te traías con ella y con todas las que pasaron por la comarca?

Casi enrojeció.

—Pues...

—Yo sé cómo anda el mundo, Carlos. Y cómo piensan las mujeres. Con eso de que se consideran igualadas a los hombres no dudan en aceptar un plan, vivirlo y olvidarlo.

—Y todo eso —apuntó Carlos malicioso— tú no lo censuras.

—Yo ando por la vida hace cuarenta años —farfulló Jaly terminando de tomar el refresco—. Si cuando nadie se atrevía a entrar en la Facultad, andaba yo por ella, ya me dirás.

—¿Por qué te casaste con un capataz que no te entendió en absoluto?

Jaly nunca lo había dicho, pero sí que lo estaba diciendo en aquel momento.

—Me enamoré... Pero mi futuro marido era un machista insoportable y al darse cuenta, después de casado, claro, de que no era el primero, me hizo la vida imposible hasta que le dio el buen acuerdo de matarse en la autopista.

—Es raro que siendo tú tan adelantada al tiempo no fueras sincera.

—Y por qué iba a serlo. ¿Acaso mi marido era casto? ¿Qué derecho tenía él a pedirme cuentas de lo que yo había hecho antes de conocerlo?

—Eres peregrina, Jaly.

—Pero esto es diferente —puntualizó volviendo a la realidad actual—, Mat es diferente a todas. Quisiera que eso no lo olvidaras.

—Te doy mi palabra. ¿Te basta?

—Sí, pero te tendré vigilado.

—Voy a darme un baño —dijo Carlos riendo malicioso—. Hasta luego, Jaly.

—Yo voy a ponerme cómoda.

Y cada uno se fue por su lado.

En el campo Mat, dentro de sus ropas aún de viaje, vestido de seda natural y zapatos de medio tacón, intentaba caminar sin conseguirlo demasiado.

Una moza que le cruzaba le dijo riendo:

—Con esos tacones, no llegará usted ni a la glorieta, señorita.

Como Mat la miraba sin responder, la moza le enseñó sus mocasines.

—Éstos son los zapatos que se necesitan y también le sobra ese vestido tan lindo. Hágame caso.

Matilde se lo hizo y entró en la casa buscando a Jaly, pero encontró a Carlos que bajaba con pantalón blanco y camisa de manga corta azul y calzando playeras.

* * *

—¿A quién buscas, Mat? —preguntó.

—No puedo pasear por el campo con esta ropa y estos zapatos —dijo ella con naturalidad—. Andaba buscando a Jaly para que me aconsejara.

—¿No tienes otra ropa?

—Pues, no sé —titubeó—, pienso que compramos algo en Ginebra.

—Conociendo a Jaly es de suponer que te comprara algo práctico para el campo. Ve a su cuarto. Está situado al otro lado del ala derecha. Si te apetece vestirte cómoda y dar una vuelta por el campo, yo te espero aquí.

—Gracias.

Y subió por las anchas escalinatas hacia la parte superior.

Se topó con Jaly que salía dentro de sus pantalones vaqueros y sus botas tejanas.

—¿Qué buscas, Mat? Pareces desconcertada.

Mostró sus pies.

—No puedo andar con esto. ¿No hemos comprado algo más práctico?

Jaly la asió de la mano.

—Vamos a tu alcoba. Hemos comprado ropas cómodas y zapatos adecuados. No mucho, pero mañana iremos las dos a Sevilla y te compraré lo que necesites. Ven conmigo.

—No has deshecho aún el maletín —se asombró.

—Es que vi el salón y el campo y preferí caminar.

Jaly por toda respuesta sacó el contenido del maletín.

—Ponte esos mocasines, esta falda blanca y esa camisa roja. Mañana iremos a Sevilla a comprar pantalones, porque son lo más cómodo para ir por aquí. Además si sabes montar a caballo necesitas un traje.

—De eso tengo. Me parece que estaba ahí.

En efecto, Jaly sacaba algo que parecía un trapo.

Unas botas viejas y calzón deshilachado.

—¿Desde cuándo tienes esto? —preguntó asiéndolo con la punta de los dedos y moviéndolo.

—No sé, era el que usaba.

—Las monjas me parece que eran algo rapiñas, Mat. No creo que la anciana dama, de saberlo, hubiera consentido que tuvieras un traje de montar tan pocho.

—¿Pocho?

—Viejo, mujer.

—Ah.

—Lo llevaré a la basura y también los leguis. Mañana ya adquiriremos otro. De momento vete al baño y ponte esa ropa.

—Carlos me espera en el vestíbulo.

Jaly arrugó el ceño.

—¿El amo?

—No sé.

—Sí, es el amo. Ten cuidado, Mat.

Ella que se iba hacia el baño incorporado en la alcoba se volvió.

—¿Cuidado por qué?

—Es un hombre de mundo.

—Ya lo sé.

—¡Lo sabes! —dijo Jaly muy asombrada.

—Me lo pareció.

—Es interesante.

—También.

—No se casa, Mat.

—¿No?

—Detesta el matrimonio.

—He leído en un libro que todos los hombres opinan igual sobre eso, hasta que un día dejan de opinar.

Jaly iba a decir algo, pero cerró los labios.

Sin embargo, cuando ya Mat se hallaba dentro del baño, vistiéndose, se acercó a la puerta entreabierta y sin tocarla, murmuró:

—¿Tú has conocido alguna vez hombres, Mat?

—No —replicó ella desde el interior.

—No todos son buenos ¿sabes?

—Ya lo sé.

—Si no los has conocido ¿cómo vas a saberlo?

—Lo oí decir. Pero también oí que no todas las mujeres son honestas.

—Ya.

Y Jaly se mordió los labios.

—Lo mejor es que no te enamores, Mat —dijo Jaly al segundo.

Pero Mat ya apareció con su camisa roja y su falda blanca y su aire aniñado y juvenil.

Había trenzado el pelo en una sola coleta y lo dejaba caer hacia un hombro.

Jaly se quedó boquiabierta.

Estaba guapísima.

Tan sencilla y tan natural, producía una sensación de desconcierto.

—¿Estoy bien, Jaly?

—Pues...

—Así con estos zapatos —se miraba un pie— podré pisar firme por los prados y las eras.

Jaly no sabía qué decir y salió por lo más inesperado.

—Me parece que te encargaremos la escuela de párvulos Mat.

—¿Sí?

—Lo he hablado con Carlos y está de acuerdo. Las maestras no duran nada aquí. No les gusta enterrarse en esta comarca.

—A mí me parece encantadora.

—Quizá con el tiempo te resulte monótona.

—No, no creo.

—¿Adónde vas?

—¿No puedo salir?

—Sí, sí —se aturdió Jaly—, pero... ¿no preferías ir sola?

—Es que Carlos volvió a ofrecerse para acompañarme.

Jaly estuvo a punto de llamar a Carlos y retenerlo. No se fiaba de él.

Es decir, fiar se fiaba, pero sabía que Mat era una blanca paloma ingenua y Carlos un real mozo e igual se enamoraba Mat de él y...

—Ve, Mat —dijo resignada diciéndose que fuese lo que Dios quisiese—. Cuando oigas sonar una campana, es que ha llegado la hora de la comida. Carlos lo sabe. Que no te oscurezca por los campos.

## 4

—La escuela es ésa —le decía Carlos paseando a su lado, maravillado de que fuese tan sumamente atractiva y femenina—. Dentro de unos días, cuando tomes conciencia de que estás aquí, puedes empezar a dar clases a los críos.

—Mañana mismo.

—Mujer, primero asiéntate.

—Me gusta esto —y miraba en torno con sus ojazos azules semejantes al firmamento sin una sola nube—. No creo que nunca deje de gustarme.

—Salías poco del convento, ¿no?

—Nada. Cuando iba Jaly.

—E iba pocas veces.

—Iba demasiado pocas y eso que nunca me dejó sola unas vacaciones enteras.

—¿Por qué tu abuela no te traía aquí?

—No era mi abuela.

—Ya... ya... pero hacía las veces de tal.

—Tal vez como no iba a ser nunca mío... —se alzaba de hombros—, igual prefería que no le tomara cariño a la tierra.

—¿Y a ti no te duele que no sea tuyo?

Se detuvo y le miró abiertamente.

—¿Por qué iba a dolerme? Nunca ambiciono nada que no me pertenezca.

Los mozos se retiraban de los campos.

El sendero parecía de súbito llenarse por completo.

Cantaban y conversaban entre sí.

—Son felices —dijo Carlos a media voz.

—Lógico. Terminan la jornada y regresan a casa.

—Pero la fortuna no les ofreció grandes compensaciones.

—¿Por qué no? El estar vivos es una hermosa compensación.

—Pero son pobres.

—¿Sólo los ricos son felices?

Carlos se desconcertó.

Por eso se apresuró a decir:

—Claro que no.

—Lo más lindo del mundo es conformarse con lo que uno tiene. Ambicionar lo de los demás es una pesadilla insoportable. Siempre lo pensé así, por eso me siento feliz.

—Tú no eres ambiciosa —dijo sin preguntar.

—Nada.

Y con juvenil entusiasmo se puso a cortar florecillas y a correr esparciéndolas.

Carlos pensó que lo mejor para su tranquilidad era frecuentarla lo menos posible. Era demasiado pura y sincera para un tipo tan material como él que al sentimiento le daba escasa importancia y, sin embargo, al placer se la daba toda. Por otra parte jamás midió sus cualidades positivas o negativas desde prismas posesivos. Si una mujer le gustaba, intentaba por todos los medios conquistarla. ¿Que para ello era preciso ofrecerle incluso matrimonio teniendo bien claro para él que detestaba tal situación? No dudaba en jurarlo. Cuando se cansaba tampoco daba demasiadas explicaciones. Se iba, unas veces diciendo adiós y otras no diciendo nada e iniciaba una nueva conquista.

Además a la sazón la mujer sabía bien por dónde iba, lo que pretendía lograr y los medios a emplear para ello. Ya nadie engañaba a nadie.

Pero Matilde debía ser distinta y él tendría que aceptarlo así. No ya por haberle dado palabra a Jaly, sino porque se sentía avergonzado ante sus pecaminosos pensamientos mirándola.

Lo lógico, pensaba Carlos, es que una muchacha así le inspirara admiración y pureza, pero él no era ni admirativo ni puro y lo que la visión de Mat soltando flores al aire le inspiraba era deseo y erotismo. Sí, sí, así de sencillo y así de simple.

Sonaba la campana y además el cielo se iba oscureciendo y pocos jornaleros ya quedaban caminando por el sendero. Carlos advirtió a Mat que había que regresar y la joven lanzó un suspiro.

—Es una pena. Las noches aquí han de ser divinas.

—Se me antoja —dijo emparejando con ella de regreso por el sendero a casa— que te vas a encontrar aquí muy bien.

—Sí, pienso que sí. Y además no esperaré a que transcurra una semana. Empezaré mañana mismo a dar clases a los críos. Por otra parte, estoy harta de recintos cerrados y prefiero dar esas clases a plena luz. Los chicos aprenden mejor y se les despierta más la imaginación.

Aquella noche Carlos se fue a Sevilla en su bólido azul descapotable.

Solía irse muy a menudo y retornaba hacia el amanecer unas veces sobrio y otras borracho de fáciles placeres vividos.

Cuando Jaly lo pillaba de regreso (la veterinario amanecía siempre levantada) solía regañarle.

—Tú no vives sin faldas, Carlos. Es como una enfermedad. ¿Por qué diablos no te casas y así tienes mujer en casa todos los días?

Carlos solía reír a mandíbula batiente. Jaly era así. Bocalona y llamando a las cosas por su nombre. Una gran persona y además muy delicada, pero cuando le daba por ser sincera y decir las cosas con todas las letras, tal se diría que se había criado en un estercolero.

Aquella amanecida lo pilló cuando, despacio y procurando no hacer ruido, atravesaba el vestíbulo hacia su cuarto.

Jaly bostezaba saliendo del baño de la planta baja, mojado el pelo y dentro de sus raídos pantalones y sus botas tejanas.

Tenía pendiente una visita a una granja cercana y pensaba retornar para el desayuno. Darse un nuevo baño en la piscina y meterse en el despacho todo el resto de la mañana si es que sus otras ocupaciones la dejaban.

Al ver a Carlos dijo por todo saludo:

—No te has podido aguantar, tunante.

Carlos frenó en seco. Pero giró sólo la cabeza.

—Hum...

—Menos mal que vienes sobrio —farfulló—. ¿Has ido a despejar tu represión?

—No soy represivo —replicó Carlos malhumorado—, pero...

—Mat te gustó demasiado.

—Verás, Jaly, yo creo que debo irme por un tiempo. No estoy seguro de ser tan honrado como te prometí. Siempre sentí predilección por adiestrar a las chicas en el amor, y Mat es una flor silvestre, sólo que pura e ingenua.

Jaly le miró furiosa y le preguntó con el dedo enhiesto:

—Si le tocas un pelo de la ropa, te mato, Carlos, y además os dejo y me la llevo. Y si la enamoras nunca te lo perdonaré. De modo que no hace falta que te marches, basta con que no te acerques a ella. El lugar es bastante grande y ella se ocupará de la escuela y los niños y tú de tus campos y tus viñedos y demás. ¿Entendido?

—Hum.

—Procura no olvidarlo. Te estimo mucho, pero entre mi afecto hacia ti y mi afecto hacia Mat, es más el que le profeso a ella y te lo digo así de claro, porque tú, además, no necesitas protección, pero Mat la necesita toda.

—Eres muy dura para mí y pienso que también dura para Mat. ¿Qué pasa al fin y al cabo si abre los ojos y descubre que la vida es algo más que las limitaciones que ella haya vivido?

—¡Carlos!

—Está bien, está bien.

Y se fue rezongando.

Jaly pensó que debía de tener los ojos abiertos. Carlos era una gran persona, pero con respecto a las mujeres era un perfecto canallita.

Cuando retornaba de la granja en su caballo pura sangre de color blanco, vio a Mat por la escuela rodeada de un enjambre de niños.

Al menos aquella ocupación evitaría que se topara con Carlos a todas horas.

* * *

Veía a Carlos sólo a la hora de comer, porque a las cenas Carlos casi siempre se iba a Sevilla.

También ella una de aquellas tardes había ido con Jaly y había comprado toda la ropa que necesitaba para la temporada. Empezaba junio y el calor sofocaba, por lo que a la salida de la escueta, Mat se bañaba en la piscina y la recorría de parte a parte a grandes y hábiles brazadas.

Jaly vivía bastante tranquila porque observaba cómo Carlos se abstenía de conversar con ella, no era lo mismo que si los viera juntos todo el día y conversando largamente.

A la semana de iniciar Mat las clases, había sido ya despedida la última maestra y la escuela quedaba para Mat, lo que la llenaba de satisfacción y además le mostraba un camino nuevo a seguir que le agradaba.

Jaly además le había hablado muy claramente, como Jaly era, y ya ella iba conociéndola bastante en profundidad y aceptándola tal cual era.

—Como administradora de este imperio, te diré que todas las maestras cobran un buen sueldo y a ti te ha sido asignado oficialmente.

—No me interesa tanto el dinero como ayudar a los que me necesitan, Jaly. Por el sueldo no te preocupes en absoluto. ¿Para qué lo quiero? Además tú me has comprado todo lo que necesito.

—No se puede ser tan desprendido —farfullaba Jaly enojada—. El futuro es incierto y tú no tienes una dote. El día que te cases lógicamente necesitarás un ajuar, guárdalo.

Mat se echaba a reír.

Hablaba más.

Sonreía más abiertamente.

Se comunicaba con los colonos que eran padres de los niños y hacía excursiones por el campo con ellos y hasta se preocupaba de algún padre si se ponía enfermo.

Empezaron todos a quererla y ella era de las personas que consideraba natural que la quisieran porque también ella quería sin esfuerzo alguno.

—Los niños deben de tener vacaciones estivales —les dijo a la hora de almorzar aquella tarde—. Pero están muy atrasados, así que cambié impresiones con ellos y hemos decidido democráticamente que daremos clases sólo por las tardes al aire libre.

Carlos prefería no hablar.

La había atisbado nadando en la piscina desde los matos, como un ladrón o un sádico.

No era ni lo uno ni lo otro, pero...

Tenía ojos, ¿no?

Y eran ojos masculinos por más que se dijera.

Y además él era un tipo impresionable y se enamoraba con facilidad.

No sabía si estaba enamorado de Mat, pero que le gustaba una barbaridad y que la deseaba como un bestia lo tenía muy claro, por eso prefería escapar.

Sin embargo, aquel mediodía, comiendo, se refería a él.

Jaly distraída no se daba cuenta de muchas cosas, pero de habérsela dado, sin duda se habría percatado de que Mat gustaba de buscar los ojos de Carlos cuando decía algo.

Carlos sí se la daba.

Tenía él demasiado mundo y sabía mucho de las miradas femeninas.

Así que descubrir que no le era indiferente a Mat, le fue sumamente fácil.

Eso, en contra de lo que pudiera suponerse, le atosigó más y si bien despertó sus ansiedades, se dijo que debía hacer un viaje para disipar tales malos pensamientos.

—Eso es cosa tuya, Mat —le respondía en aquel momento—. Si lo habéis decidido democráticamente y habéis llegado a un acuerdo...

—Es que en las mañanas prefiero bañarme en la piscina y los chicos no madrugan. En cambio por las tardes, sola, me aburro mucho.

Carlos estuvo por decirle que se aburría porque quería, porque él estaba dispuesto a entretenerla.

Pero en aquel momento Jaly levantó los ojos y los miró a los dos.

Así que Carlos apuró el contenido del vaso y se entretuvo en servirse más vino de su cosecha.

—No te metas a dar clases por las tardes dentro de la escuela —le aconsejó Jaly—. Os asaréis.

—No, no. Nos vamos todos caminando hacia un río y a la orilla nos sentamos. Además los árboles dan sombra y algunos chicos se bañan.

Carlos se prometió ir escurrido alguna vez hasta el río.

Pero después a solas y ya en su cuarto alzó el puño y lo blandió en el aire furioso.

¿Es que había retornado él a la edad del pavo?

Lo mejor era inventarse un viaje e irse a Ibiza o Marbella una temporada.

Y así lo hizo. Cuando se lo manifestó a Jaly, aquélla sonrió feliz.

—Mejor que vayas a esparcir tus calenturas —farfulló—. Te veo cómo la miras.

—Jaly...

—Sagrada. ¿Entiendes? A esa, o la llevas al altar o no la tocas.

—Maldita metomentodo. Ni que fueras su ángel tutelar. ¿Te has preguntado alguna vez si ella está de acuerdo con tus teorías?

—¿Y qué sabe ella para defenderse de un tunante como tú? Por eso la defiendo yo.

—Jaly —la voz de Carlos se tornaba grave—, lo que más te asusta a ti es que le gusto yo a Mat.

Jaly respiró fuerte y se fue sin responderle.

# 5

No se lo dijo a Mat.

Pensó que quizá no se diera cuenta de su ausencia.

Ojalá fuera así, porque entonces es que tanto ella como Carlos se equivocaban y a Mat le era indiferente el dueño de aquel imperio.

Pero dos días después a la hora de almorzar y viendo la silla de Carlos vacía, Mat preguntó:

—¿Es que no viene Carlos?

—Se ha ido de viaje —dijo Jaly satisfecha.

—Ah... —un titubeo—. ¿Por mucho tiempo?

—No lo sé. Es verano y por Marbella tiene sus apaños.

—¿Apaños?

—Ligues, mujer, chicas.

—¿Novia? —preguntó Mat como desilusionada.

Jaly pensó un montón de cosas, pero sólo dijo la mitad.

—Carlos no es hombre de fiar con las mujeres. Tiene siete novias en cada sitio... Una formal nunca.

—No se habrá enamorado.

Jaly frunció el ceño.

—¿Y qué sabes tú de eso?

—Jaly, que para enamorarse no hace falta estudiar en una facultad. Es algo natural que nace de lo más profundo de una. Son unos sentimientos que están muertos, o aletargados y de repente despiertan...

—¿Te ha ocurrido a ti, Mat? —preguntó Jaly casi sin respirar—. Porque hablas con un calor...

La joven bajó los párpados y Jaly apreció un sutil temblor en los dedos que asían la copa.

No había chico para ella a la vista.

Jornaleros, hombres casados y curtidos, dedicados a sus hogares. Los jóvenes que había solteros nunca se atreverían a poner los ojos en la señorita Matilde, siendo así... ¿De quién estaba enamorada Mat?

Jaly tuvo miedo de la pureza de Mat para responderle si le preguntaba. Y miedo de su sinceridad. Y miedo de lo que pudiera sufrir.

Por eso evitó continuar la conversación y empezó a hablar de mil cosas distintas que nada tenían que ver con Carlos ni con los sentimientos.

Pero sí pudo observar que Mat se bañaba todas las mañanas en la piscina que había ante la misma casa y que para llegar a ella, solo había que atravesar, desde el vestíbulo, una pequeña terraza situada a la altura de la misma piscina bordeada de césped. También atisbaba cómo Mat vivía distraída. Y hablaba menos. Parecía estar pensando todo el día.

En las tardes se iba con los críos.

Solía vestir pantalones cortos blancos o rojos y polos ligeros de mangas cortas.

Morena como estaba, parecía distinta a la chica que regresó de Suiza, mórbida, de carnes prietas, tal se diría que era opuesta y además el rubio pelo con el sol parecía haberle esclarecido aún más.

Afortunadamente, pensaba Jaly, Carlos no estaba para verla. Carlos era un potrito y por mucho que la respetara a ella, tarde o temprano tendría que irse de allí con Mat.

Le dolía dejar a Carlos.

Y le dolía porque le apreciaba de verdad, sin dejar por eso de juzgar negativamente su afán por las mujeres y su apego a la soltería.

Una de aquellas noches se topó con Mat sentada en una hamaca cerca de la piscina, en la misma terraza.

Ella salía a tomar el aire y casi tropezó con los pies de Mat que se estiraban desnudos sobre un posapiés de mimbre.

—¡Chica! —exclamó—. Te hacía en la cama. ¿Qué haces aquí?

—No tengo sueño y además hace mucho calor.

—En casa, en el interior, tienes aire acondicionado.

—Ya sé. Jaly, ya sé.

—¿Te ocurre algo?

—¿No sabes nada de Carlos?

Jaly se tensó.

Y fue cayendo despacio hasta sentarse en una hamaca enfrente de la joven.

—Marbella es un lugar muy atractivo, Mat —dijo evasiva— y en esta época se reúne allí gente que se conoce de toda la vida.

En la tenue oscuridad iluminada apenas por un farol amarillento que colgaba del techo del porche, Mat movió algo que tenía en la mano.

—Aquí —dijo moviendo aquello en lo cual Jaly reconoció una revista del corazón— está junto a una joven guapísima.

—Cosas que pasan todos los días. Los hombres como Carlos que ligan frecuentemente, nunca sienten amor verdadero por una chica determinada.

Era cierto, pero lo decía con saña con el fin de desvirtuarlo a los ojos de Mat.

Sin embargo, la voz de Mat sonó algo confusa:

—Carlos parece un chico estupendo, libre, rico... con muchos alicientes a su favor, pero en el fondo se me antoja una gran persona.

Era verdad.

Pero menos, pensaba Jaly.

Para ella no podía ser mejor, pero...

—Los hombres de su edad ricos y libres, Mat querida, tienen cuanto se les antoja y rara vez se enamoran...

Vio que Mat se levantaba.

Y oyó su voz apagada diciendo:

—Buenas noches, Jaly.

* * *

Le dolía.

Evidentemente la ingenua y pura Mat se había enamorado.

Podía saber muy poco de la vida, quizá tan poco que era casi nada, pero era una cosa natural y que nacía además de la naturaleza humana misma. El sentimiento.

Y si Mat se había enamorado silenciosamente de Carlos, era una desgracia como otra cualquiera. Por eso prefería ignorarlo y además para mayor escarnio de sí misma, pues todo cuanto sintiera Mat le dolía a ella, empezó a comprar todas las revistas del corazón donde se exhibía Marbella

Club o Puente Romano, Puerto Banús y toda la sociedad conglomerada en aquel verano insoportable de calor.

Justo, Carlos se veía rodeado de bellas mujeres.

En traje sport, en yates, en fiestas ataviado de blanco y azul, de etiqueta...

Con mujeres despampanantes, mirándole arrobadas y él dejándose querer con expresión complacida o cínica.

Jaly, empeñada en desterrar del inocente corazón de Mat aquel sentimiento, dejaba en cada esquina aquellas revistas.

Nunca las hallaba como las había dejado y no se podía pensar que el personal de la casa, tan ocupado, se preocupara de semejantes noticias mundanas.

Era Mat.

Y sabía ya que Mat andaba mohína, triste, muy afectada.

Jaly pensaba también que en un corazón puro como el de Mat un sentimiento así se arraigaba.

Le dolía como sangre viva arrancada de su cuerpo que la situación se prolongara.

Y lo que más sentía es que para Mat, inocente y pura, no existía el orgullo ni el temor, ni la desesperanza. Creía quizá que por el hecho de amar a Carlos, aquél tenía sin remedio que corresponder a sus sentimientos.

Una noche, seis después, volvió a encontrarla en el mismo lugar.

El farol amarillento pendía del techo del porche y Mat dentro de sus pantalones cortos, su polo de algodón ligero y su pelo trenzado, descalza, con una revista abierta en las manos, miraba ante sí, perdida la mirada azul en las sombras desdibujadas de la noche que parecían bailar junto a la piscina.

—Mat, qué susto me has dado.

—Ah.

Sólo eso.

—¿Qué haces?

—Nada —y después con aquella sencillez sublime—. No sé por qué me duele tanto ver a Carlos en medio de esas fiestas que organiza la «Jet-Set» marbellí.

Jaly se acomodó mal y descontenta en una esquina de la hamaca contigua.

—Son cosas que pasan. Ya te digo... Carlos todos los años se va y vive a su manera. No es hombre de fiar —añadía bajo, intentando por todos los medios ser persuasiva—. Muy noble en el fondo, muy trabajador, muy afectuoso para sus gentes, pero con las mujeres un desastre.

Y la voz de Mat confesando así, como si todo fuera tan sencillo.

—Yo estoy enamorada de él, Jaly.

Jaly no cayó de la hamaca.

Se sujetó a ella.

—Oye...

—Ya sé que no te gusta.

—¿Qué sabes?

—Sí, Jaly, sí.

—Que no me gusta.

—Que no te agrada que yo sufra por Carlos.

—Pero...

—También sé que una chica no debe confesar, eso. Aunque hoy en día, suelen decirse las cosas que se sienten.

—¡Matilde...! Esas cosas se callan.

A través de la oscuridad Mat la miró.

Había una gran angustia en sus ojos.

Una mueca en su boca.

—Se dicen, Jaly. No he vivido, lo sé, pero he leído. Integrarme en la vida social de cada día me enseñó muchas. Y además, para mayor desconcierto mío, las mozas del lugar me consultan... Yo sé poco de sentimientos y de amores, pero... hay cosas, ya te he dicho que no se aprenden en los conventos ni en las Facultades, Jaly.

Jaly se inclinó hacia adelante.

—Mat... no le ames. Quítate eso de la cabeza. Carlos no es hombre para ti. Tú misma lo estás viendo. Está metido en esa «Jet-Set» que tú dices, que quiere decir, poco más o menos, en la alta sociedad.

—Lo quiere decir, Jaly —sonrió ella pálidamente—. Pero el sentimiento sincero nada tiene que ver con todo eso.

—Carlos es un hombre mundano, Mat.

—Lo sé.

—Y tú...

—Yo le quiero.

Jaly se levantó.

Pensó irse de la hacienda, que componía toda su vida, un día de aquellos.

Defender a Mat.

Enseñarle a vivir de otra manera.

Pero para asombro suyo, Mat decía quedamente:

—Es la primera vez que un hombre me interesa. No siento celos de eso que veo reproducido en las revistas. ¿Las compras para que yo me desengañe, Jaly?

—¿Qué dices?

—Es igual, Jaly. Yo sé cuánto me aprecias y te lo agradezco. Estuve doce años encerrada y al salir, pensé que era fácil abarcar el mundo entre mis dedos. Hay cosas, sin embargo, que no se abarcan y son las que más se desean.

—Mat —la voz de Jaly tomaba una entonación ronca—, pienso que debemos irnos a Madrid...

—¿Por qué?

—Pero, Mat...

—Tú has vivido aquí toda tu juventud —dijo cortándola—. Eres parte de todo esto... Yo sólo me iré cuando Carlos me diga que no me quiere.

—¿Es que se lo piensas confesar?

—Y por qué no.

—Dios nos ampare.

—¿No confiesa el hombre a la mujer sus sentimientos si los siente? ¿Por qué ha de silenciarlos la mujer?

—Pero es que la mujer es diferente.

—No me enseñaron a ligar, como decís aquí, ni a cortejar como dice todo el mundo. Pero en el convento me enseñaron la igualdad.

—¿De qué?

—De los sexos.

—Mat, Mat —así gemía Jaly—. Oh, Mat, lo estás confundiendo todo por saber tan poco.

—O no confundo nada por saber demasiado.

# 6

Se presentó de súbito.

Y Jaly, que estaba viendo desde la ventana de su cuarto el auto azul descapotable, se estremeció.

Carlos era un hijo para ella, pero Mat... ¡Mat era sagrada!

Se iniciaba agosto y atardecía.

Mat no había regresado aún del paseo que daba hasta el río con sus alumnos.

Jaly dejó su alcoba, vestida como estaba.

Pantalón de fina tela de hilo azulina, camisa blanca sin mangas.

Abrazó a Carlos.

Moreno, bruñido, fuerte, corpulento sin ser demasiado alto.

Y es que Carlos por no ser ni siquiera era guapo.

Corriente, con sus cabellos lacios negros, con sus ojos hondos de un color entre negro y marrón oscuro. Tenía labios de vicio, de beso, de sensualidad.

Y dentro de su aparente vulgaridad era el clásico hombre masculino, viril, que gustaba.

No podía ser Mat ajena a todo aquello.

¿No era un ser humano mujer?

¿No era sensible?

Por ser tan sensible se pasaba.

Era emotiva, cariñosa, emocional.

—Jaly, Jaly —decía Carlos alzándola en sus brazos y besándola—. Jaly querida.

Ella en aquel momento, al verle, se olvidaba de Mat.

Por eso le besaba a su vez.

Era casi, casi, como si le hubiera parido.

—¿Cómo es que has vuelto sin avisar? —preguntaba.

Carlos la dejaba en el suelo.

Vestía de blanco, camisa y pantalón.

Moreno como estaba parecía un negrito.

—Quise darte una sorpresa —y mirando en torno—. ¿Cómo anda Mat?

¿Decirle que le amaba?

No. Sería como poner a la pobre corderita en su poder, y eso jamás.

—Con sus chicos, junto al río.

—¿Qué tal?

—Pasa, Carlos. Toma algo. Aquí hace demasiado calor. Dentro corre fresquito —y sin transición—: ¿No piensas irte de nuevo?

—No.

Y como Jaly le miraba casi espantada, añadía riendo.

—Estoy harto de falsedades, de fiestas, de barullo. Vengo a mi refugio a descansar, a tirarme en la piscina, a recorrer los campos a caballo. A vivir la paz, Jaly. A sentir la pureza de Matilde junto a mí.

Jaly respiró fuerte.

—¿Qué te sirvo?

—Deja, siéntate. Yo te serviré a ti. Para los dos, Jaly. ¿Sabes? He llegado a conclusiones.

—¿Como cuáles?

—Si tú me faltaras, me faltaría mi madre, media vida, mi hogar, todo el entorno.

Eso era lo difícil. Dejar a Carlos, sabiendo cuán querida era, cuán querido era él.

Pero, Mat...

—Me he cansado —añadía sirviendo dos refrescos y llevando uno a Jaly—. Me hago viejo sin años. Siento esa necesidad de hogar que es lógico en quien siempre vivió perdido por la vida sin nada fijo ni positivo, ni verdadero.

Jaly asió el vaso y fue siguiendo mudamente la silueta de Carlos que se iba a tirar sobre un sofá y estiraba las piernas.

—Nada como esto —decía removiendo el vaso lleno de refresco con hielo—. Nada hay tan verdadero.

Y como Jaly se callaba añadía interrogante:

—¿Qué tal Mat con sus alumnos?

—Bien, bien.

—¿Tiene pretendientes?

—¿Aquí?

—Es guapa y joven y sensible.

—¡Carlos!

—No me mires así, la eché de menos. Me gustaba despertar y sentir el chapuzón de la piscina y verla bracear de un lado a otro. No me hubiera ido, Jaly, pero tú...

—Yo sigo pensando igual —ahogada.

—Y te sofocas para decirlo.

—Es que...

—Sé cómo piensas, Jaly.

—¿Y qué dices a lo que yo pienso?

—No lo sé.

—¿Cómo que no sabes?

No respondía en seguida y apuraba el contenido del vaso de refresco.

Se levantaba.

—¿Adónde vas, Carlos?

—A dar una vuelta. Eché de menos mis campos, mis paseos, el fresco de la noche sevillana.

Quiso retenerlo.

Decirle...

Pero... ¿Decirle qué?

¿Que Mat le amaba?

Para un tipo como Carlos de vuelta de todo, ¿acaso era aquello un secreto?

Temió que no.

Había huido cuanto pudo, pero quizá no podía seguir huyendo.

—Carlos —llamó.

—Luego...

—¿Luego?

—Te veré... Toma el refresco. Voy a dar un paseo.

—Carlos, escucha...

No le oía.

Así vestido de blanco, con camisa de manga corta, moreno, bruñido, se iba a pie.

Respiró a pleno pulmón entretanto Jaly se menguaba.

Le sabía amargo el refresco.

Y amarga casi la propia vida.

¿Detener qué?

¿Podía acaso ella detener la vida misma, la naturaleza, el sentimiento?

—Mat —susurraba a solas—. Mat...

Carlos en la pradera caminaba.

Anochecía. Era grata la noche y el silencio.

Después del bullicio de Marbella...

De mujeres despampanantes, de sexo incluso, pero de sexo al fin y al cabo, aquello era un paraíso terrenal.

* * *

La vio.

Venía ya sola por el sendero y por aquél otro bifurcado se iban los chicos corriendo.

En pantalón corto blanco, destacando su morenura, los muslos mórbidos, la melena rubia suelta, la cara como teñida de oscuro y los ojos claros relucientes.

El suéter de algodón con una figura pintada en colores, demarcaba los menudos senos túrgidos.

Se sabía amado...

¡Si sabría él de mujeres, de sentimientos verdaderos o falsos!

Estaba harto de falsos.

De mentiras sexuales. De piedades pecadoras. De erotismos baratos.

La veía venir abstraída, meneando un bolso de paja.

Pisando despacio.

Por el sendero floreado de margaritas amarillas y blancas.

El sol se ponía.

Demarcaba su silueta de una forma nítida, recortando sus facciones, sus formas.

Se sentó en una piedra saliente esquinada en el sendero.

Le gustaba recrearse en Mat.

Era divina.

Ni bella ni deslumbradora.

Atractiva.

Con un halo especial que emanaba de ella.

Pensó en dejarla pasar porque él se situaba entre las sombras.

El calor apretaba pese a que el sol se había metido. Vista así, vestida con el pantalón corto y la melena suelta, era una tentación.

¿Jaly?

Sí, sí. Jaly era como una madre, pero no lo había parido.

Y aquella chica era un ser más, vivo, pero sin etiqueta. Había pensado en ella.

¿Amor?

No, no.

Él no estaba capacitado para sentir amor, pero sí que lo estaba y mucho, para sentir deseo.

Y eso sí lo sentía.

Le retorcía las entrañas.

Si la poseyera...

Después la olvidaría como antes olvidó a otras.

Su escuela de amor particular podría surtir su efecto.

¡Si sabría él de mujeres!

Y sabía lo que sentía Mat.

Lo supo antes de irse y se fue por eso.

Pero volvió por eso mismo.

¿O no?

Estaba allí, parado, petrificado.

La dejó blanca, casi informe, desdibujada en el cuerpo.

Y la topaba morena, bruñida, mórbida, preciosa.

Y él era un hombre.

¿No era Mat una mujer?

Oyó su paso ligero y su canturrear armónico.

La llamó.

Con voz apenas audible.

—Mat.

La vio detenerse.

Erguirse, tensarse.

Tenía nervio aquella chica, temperamento. Emociones múltiples vírgenes...

—Estoy aquí.

Y ella giró el cuerpo y la cabeza al mismo tiempo buscando la voz cálida que parecía afluir de una densa oscuridad.

—¡Carlos!

—Hola.

Y se levantó.

Una mirada cruzada interrogante.

Y después la voz confusa de Mat, ingenua, pura, desarbolada como si se perdiera en un propio mundo desconocido.

—No sabía que habías vuelto...
La tocó.
La mano ligeramente.
Después el brazo.
Luego el seno.
—Carlos...
—Perdona.

# 7

Y dejó caer el brazo a lo largo del cuerpo, como si el de Mat quemara.

—Siéntate un rato —invitó él haciéndole sitio en la piedra saliente del sendero—. Es pronto para retornar a casa y además este lugar es bello y al meterse el sol, la noche ofrece una divina quietud y paz.

Mat se sentó y sus costados se rozaban. Carlos veía las piernas largas de Mat, sus muslos mórbidos, y aquel aire femenino sin malicias, sin coqueteos, sencilla y natural, tal vez algo impresionada por su súbita aparición o por haberle tocado los senos como al descuido.

Carlos pensaba que si algún día buscara esposa para formar un hogar, nunca hallaría una como aquélla, pero él no buscaba esposa, aunque sí sentía la fuerte sensación de buscar mujer, goce, placer.

No sabía si era honrado o sólo humano o más bien un hombre con apetencias naturales, todo lo cual tal vez formase la misma cosa.

Por otra parte entendía, que Dios le perdonase, que Mat era una muchacha inocente, ingenua y además estaba enamorada de él. ¿Por qué dejarla pasar? Pensaba que en cierto modo Mat le agradecería el adiestramiento al cual él podía llevarla.

Y lo peor es que no era fácil. Y no lo era porque hasta la fecha él nunca tuvo demasiados escrúpulos y, de repente, a la sazón aquéllos despertaban, le reprimían, le condenaban.

—No esperaba que volvieras —decía la vocecilla femenina—. En realidad no te esperaba en todo el resto del verano. Parecías pasarlo muy bien.

—¿Parecía? ¿Pero dónde me has visto?

Ella meneó la cabeza y sus rubios cabellos casi cosquillearon en la mejilla de Carlos.

Olía a frescor, a mujer pura, al aroma silvestre de los campos, a una colonia sutil de baño.

Hubo de hacer un esfuerzo para no asirla contra sí, para no buscarle la boca, para no tocarle los senos. Así que metía las dos manos entre las rodillas juntas y apretaba aquéllas furiosamente.

—En las revistas, en todas las reuniones de la «Jet-Set» parecías pasarlo muy bien entre las jóvenes de tu clase.

—Uno reproducido en esas revistas siempre parece ser feliz, pasarlo bien —dijo a media voz—, y no creas que siempre ocurre. Cuando apareces en ese mundo por primera vez, sí, te deslumbra, te emborracha, te fascina, pero cuando lo vives a diario y te habitúas, llega el hastío, la indiferencia y lo vives como si en vez de ser un ser humano, fueses un robot —miraba al frente, por primera vez se sentía impotente para hacerse con algo que empezaba a considerar casi intocable, sagrado para sus malditos pecados—. No todo lo que parece felicidad es cierto. Hay seres que van a esos lugares para divertirse, nada más y otros que van a recrear la vista, y los más van por rutina.

—¿Entre cuáles te incluyes tú?

—No lo sé aún. Yo me siento escapado de cada sitio. Es como si buscara algo que no existe. Y por eso he vuelto. El campo me fascina y esta noche cálida, silenciosa, y ese cielo plomizo que mañana será azul celeste sin nubes.

No se daba cuenta él mismo que hablaba como un romántico, como un sentimental. Él, precisamente él, que cuando tenía a su lado una muchacha le juraba amor eterno para conseguirla, aunque luego al día siguiente, una vez conseguida, se olvidara totalmente de aquel instante.

Lo curioso, pensaba, es que la sentía temblar junto a su costado y mover las manos en el regazo con nerviosismo y que todas las características de Mat denotaban emoción, encanto, sencillez y afecto amoroso.

En la vida había sido él escrupuloso con una chica.

En la vida había respetado nada, porque con no considerarse golfo como pensaba Jaly de él, era sólo un hombre oportunista, un tipo que vivía las emociones y las olvidaba al día siguiente.

Sin embargo se levantó de súbito.

Y quedó erguido.

Miraba al frente y no veía más que oscuridad, un sendero brillantoso por la luna que parecía iluminar los campos y casitas blancas diseminadas por las colinas y los valles.

Un mundo purificador un mundo que lejos de allí jamás hallaba.

—¿Te ocurre algo, Carlos?

Él giró un poco la cabeza. Le caían los lacios cabellos hacia la frente y los soplaba con firmeza.

—Nada. Puede que sea la emoción de retornar al terruño. Gusta después de una vida atropellada, ver todo esto y no sentir ningún ruido y sólo una brisa cálida que agita lejos las ramas de los árboles. —Y sin transición—: Vamos, Mat.

Ella se levantó a su vez.

No era baja. Pero sí algo más que él. Delgada, de formas armoniosas. No era, dígase así, una mujer bandera, despampanante, de aquellas que él conoció en Marbella, con las cuales se acostó sin compromiso alguno, a las cuales olvidó después de haberlas poseído.

No obstante, de súbito descubría que Mat tenía un encanto especial, una mirada azul oscura invitadora, una media sonrisa, pura.

Sintió en sus manos los dedos cálidos menudos y finos.

—Vamos caminando poco a poco —decía Mat a media voz.

Carlos experimentaba una sensación sofocante, un deseo enfermizo, una loca morbosidad que pretendía por todos los medios disipar.

Y fue así que no pudo soportar aquel quemazón.

Asió los dedos delgados casi hasta dañarlos y después la volvió hacia sí.

Se quedaron mudos, mirándose, como si la luna los perfilara en el sendero.

Fue fácil atraerla y sentirla temblar en su propio cuerpo erizando sus ansiedades y sus músculos.

No quiso pensar en Jaly ni en la situación anómala ni en la pureza de Matilde.

Pensaba sólo, y se empeñaba en pensarlo así, que era una mujer y aquella mujer joven le amaba.

* * *

Le buscó la boca.

Sí, sí, contra todo y contra todos la besó por primera vez en los labios. No sabía besar, era evidente. Apreció en ella la sorpresa, el ahogo, tal vez la vergüenza, pero también atisbó un temperamento reprimido, un sentimiento amplio, una situación en la cual ella, pese a todo, no escapaba.

—No se besa así, Mat.

Su voz era queda.

Tal vez pensaba que sin duda le hacía un favor, y se lo estaba haciendo.

Le estaba enseñando a vivir, a disfrutar de los dones de la tierra, de ser mujer, de amar, de sentirse amada. ¿Por mucho tiempo?

Tampoco importaba eso demasiado.

El caso era vivir el momento. Y Jaly no podía evitar que un día Mat despertara a las pasiones y a los deseos. ¿Por qué tenía que ser otro el que la condujera?

—Se besa así, Mat —decía quedamente—, así, así...

Y con una habilidad natural en su escuela de experimentado la enseñaba.

Era dócil Mat. Y se descubría a sí misma rompiendo la valla de sus íntimas represiones.

—Así... Eso es...

Y le ceñía el cuerpo escurriéndola ansioso en su propio cuerpo, haciéndole sentir toda la potencia de su vehemencia.

Fue un momento extraño para Carlos. Y lo fue más por la dulzura y la docilidad de Mat y su voz que se perdía siseante en su boca.

—Yo te amo, Carlos. Yo te quiero tanto...

Carlos pensó si él sería un criminal, un sádico.

Pero no tuvo fuerzas para soltarla.

Para escapar de ella.

Para decirle que aquello era pasajero, que eran un hombre y una mujer y lógicamente estaban viviendo juntos sus propias emociones sin más secuelas que las naturales del momento.

Lo peor es que la sentía palpitar en su pecho y que dada su experiencia, se daba cuenta de que dentro de la pureza de Matilde, se cerraba escurrido un sentimiento profundo, una pasión represiva que soltaba cordeles y amarras inútiles. Una mujer apasionada, sin duda. Una mujer que ni cuenta se daba del tesoro que escondía.

¿Quién era él para descubrirlo, para destaparlo, para revivirlo?

Apreció la vergüenza femenina después de confesar su cariño, pero no quiso sentirse culpable de nada.

La cerró contra sí y la llevó hacia el sendero, ocultándose con ella detrás de los matos. El césped era cálido y la brisa invitadora y la luna parecía rielar sobre sus dos cuerpos perdidos uno en otro.

Iba a poseerla. Sería fácil.

Sumamente fácil saciar sus apetencias, enseñarle a vivir, marcharse después y olvidar todo aquello. ¿Por qué tenía que ser de otro modo?

Ella era dócil, aprendía, sabía ya abrir los labios como él le enseñaba.

Cuando sus caricias se hicieron más audaces, la sintió temblar, entregarse a ellas, gozar de ellas.

Tuvo miedo.

Por primera vez en su vida sintió la sensación de que se hallaba violando a una muchacha. Y eso no. Él jamás fue un violador.

Por eso se levantó como si mil demonios le empujaran.

Mat quedó tendida, mirándole, con los ojos muy abiertos, los labios apretados, agitándose algo sus senos que oscilaban de modo tentador.

Carlos volvió la cara.

—Vamos, Mat.

—Es que...

—Por favor.

—A mí no me importa, Carlos.

Ya lo sabía.

La empujaba el amor, la hacía dócil, receptora. Pero él tenía los sentidos despiertos. Era material y sucio. No hacía nada de aquello por ternura, sino por deseo, no era amor, era el vicio lógico de un hombre que halla en su camino a la clásica ingenua que se deja guiar sólo por los sentimientos.

Si allí había alguien impuro era él. Mat era la pureza misma y la seguidora de sus íntimos sentimientos.

—Mat, ven —y la asía de una mano para tirar de ella.

—Carlos... Te vas a ir otra vez.

Sí, aquella misma noche, todo lo más al día siguiente.

Algo tenía o debía quedar en él de escrúpulo y no tenía derecho alguno a apoderarse de aquella chica ni enviciarla ni arrastrarla en elucubraciones pasionales.

Después, pensaba, tal vez me sienta idiota o quizá sólo honesto. De cualquier forma que sea no tengo agallas para hacerla mía, para enseñarle a vivir. Ya vendrá otro que lo haga.

Le dolía esa conclusión, pero había que aceptarla a menos que se aceptase a sí mismo como un ente despreciable.

Aun si ella fuera viciosa, si le deseara únicamente, si estuviera de acuerdo en vivir todo aquello sin un después...

Pero él sabía perfectamente que Mat era mujer para marido, no para amante ni para juegos eróticos.

La tenía junto a sí y la veía de pie, desarbolada, con el cabello algo revuelto, el polo levantado de forma que se le veía casi el vientre.

Apartó los ojos. Era la primera vez que él renunciaba a algo que deseaba y además se le daba.

«No soy un héroe, pensó. Sólo soy algo honrado.»

—Vamos —dijo apartando los ojos.

—Yo estaba bien contigo. Me gustaba estar contigo, Carlos.

Apretó los labios.

Tanta sinceridad le asombraba, le hacía sentirse más mezquino, más insignificante.

—Te olvidarás —dijo.

—Nunca.

Caminaban juntos.

Ella intentaba asir los dedos de Carlos, sentir su contacto, pero Carlos los perdió en el bolsillo del pantalón y apretaba los puños a la vez que pisaba con furia el sendero.

—Es la primera vez —decía Mat siseante, casi llorosa que siento esto. ¡La primera vez! Y me ha gustado sentirlo contigo.

—Yo no soy hombre para ti, Mat. Yo soy un pobre diablo que va por la vida buscando emociones nuevas. No sería honrado por mi parte hacerte mía.

—Es que lo soy.

—¿Qué dices?

—Me siento así... No sé cómo empezó, pero el caso es que sentí desde un principio que me gustaba estar aquí porque estabas tú... También me dolía verte reproducido en las revistas... con otras mujeres.

—¡Cállate, Mat!

—Si me callo no te lo digo, y yo quiero que lo sepas.

—¿No te han dicho en ese convento que la mujer debe ser recatada?

—Nunca me hablaron de eso. Y además ¿por qué he de ser recatada si te amo? ¿Por qué he de callar algo tan hermoso?

Carlos apuró el paso.

No era de hierro.

# 8

—Hemos de llegar a la hora de la comida —decía por toda respuesta, como si de súbito las palabras le salieran a borbotones—. Seguro que desde aquí no hemos oído la campana y Jaly estará impaciente —y más suave—. Mat, no debes amarme, ni decirme eso así... Piensa que yo soy un tipo que ha empezado a vivir muy joven, que el amor para mí es posesión. Y que la posesión se vive y se olvida. Tú no mereces eso. Eres demasiado pura. Yo no suelo tratar a chicas puras, sino a mujeres que, como yo, están de vuelta de todo. Que saben lo que buscan, adónde van, lo consiguen y cuando van a dejar de desearlo... No sé si te hablo en griego. Pienso que no entiendes lo que quiero decirte, pero sí entenderás que soy un hombre material y que los sentimientos son secundarios para mi forma de ser.

—Entiendo todo lo que me dices. No soy tonta. Y si bien soy ingenua, no estúpida.

Carlos se detuvo de nuevo.

La miró cegador.

—Te acostarías conmigo —dijo sin preguntar, con brutal sinceridad— y te olvidarías mañana.

—Eso no —dijo ella temblando—. Me acostaría, pero no te olvidaría.

—Maldita sea, ¿ves como no has entendido? Yo sí te olvidaría.

—No lo creo.

Carlos dio una patada en el suelo.

Pensó fugazmente si ella no tendría razón, si después de poseerla sería capaz de olvidarla.

Por eso quizá huía.

Por primera vez dominaba una tentación, la desterraba, la apretaba en un puño como si fuera algo venenoso.

—Mat —se apaciguó de repente—, dejemos las cosas así. Yo soy el clásico trotamundos. Me voy a ir ¿sabes? He venido, sí. He venido... —y miraba al frente desconcertado—. No sé por qué he venido. Pero estoy aquí y me quiero ir de nuevo. Vivir a borbotones, olvidarme que algo es diferente...

Ella, que caminaba a su lado paso a paso, de súbito se detuvo.

Miró en torno como desarbolada.

Se veían cerca las luces de la casa, el agua de la piscina donde rielaba la luna.

También veía a Jaly erguida en el porche como esperando, oteando desesperada la llanura.

—Jaly sabe que te amo —dijo apagadamente—. Sabe que mis sentimientos no son pasajeros. Por eso me compra todas las revistas y las deja en cualquier esquina. Yo digo que es igual, que te veré con otras y me dolerá, pero seguiré queriéndote. Quizá me pilló todo esto de sorpresa. Quizá hay que tener más experiencia para parapetarse. Yo no tengo esa experiencia ni he querido buscarla en el fondo de mí misma. Me he sentido feliz cuando aprecié en mí ese sentimiento.

—Cállate —le gritó— y camina. Jaly nos está esperando.

Mat no apuró el paso, pero Carlos adelantaba por el sendero a paso firme.

Como si todo lo que pisaban sus pies fueran culpables de su impotencia, de sus iras incontroladas o de sus desconciertos indescriptibles.

Temió que Matilde hiciera una escena. Pero se quedó asombrado cuando la vio emparejar con él y decir a media voz, sin rencor:

—Lo siento Carlos, tampoco quise inquietarte ni molestarte. Pero sí quiero que sepas que no eres tan mundano como aparentas.

Él se detuvo de nuevo.

—Eres una cría que desconoce al ser humano y sus complicaciones, Mat. Lo mejor que puedes hacer es olvidarte de todo lo ocurrido esta noche, incluso de lo que nos hemos dicho.

—No voy a olvidar nada. Pero tú puedes hacer lo que pensabas...

—¿Y qué pienso hacer, si es que me lo puedes decir?

—Irte. Huir.

—¿De ti?

—De eso que te aflige, de eso que no deseas, de eso que sientes y no quieres sentir.

Dicho lo cual caminó a paso ligero delante de él, y en las sombras apenas iluminadas por el farol amarillento que pendía del porche pasó junto a Jaly, que continuaba allí como un poste.

—Me vestiré enseguida para comer, Jaly. Perdona que me haya retrasado.

Oyó su voz como siseante en el silencio de la noche.

Y después a Jaly, que seguía allí dando una cabezadita pero mirándole a él.

—Jaly —dijo acercándose—, entretanto dispones todo para comer me daré un baño en la piscina.

Jaly no dijo palabra.

Pero continuó allí viendo cómo Carlos se iba a los vestuarios y aparecía luego en la penumbra y se tiraba a la piscina de golpe.

No pronunció una sola palabra. Ni encendió las luces que hubieran iluminado el recinto de la piscina.

Sólo veía bracear algo en aquélla y moverse un bulto informe que iba de un lado a otro con furia.

Cuando apareció Mat tras ella murmuró:

—Mat..., ¿por qué?

—Ya estoy lista para sentarme a la mesa —dijo por toda respuesta.

Jaly se volvió.

Estaba linda, morena, el pelo suelto recién cepillado, vestía un traje de hilo rojo de tipo sport.

—Carlos está nadando, hemos de aguardar, Mat.

—Sí.

—Te has topado con él en el sendero.

No preguntaba.

Mat asintió.

—¿Y bien, Mat?

—Carlos no es como tú supones, es un hombre honrado.

—Y tú le admiras demasiado.

—Debí nacer, crecer y vivir para sentir eso.

—¿Eso, Mat?

—Lo sabes, Jaly.

Y se perdió en el interior de la casa.

Jaly no la siguió.

Se sentía inquieta, pero sabía que sólo manteniendo las formas conseguiría que aquello fuese fugaz, que Carlos se marchase de nuevo.

Pero también sabía que nada podía ser eterno y que aquella casa era de Carlos y que si bien vivió en ella desde los veinte años, un día, por Mat, tendría que dejarla.

Carlos apareció junto a ella envuelto en un albornoz, sacudiendo su pelo empapado.

—Está riquísima el agua.

—Carlos...

—Jaly, no pongas esa voz tensa, no ha pasado nada.

—Pero ella te ha dicho...

—Es una niña... Está engañada. Yo no soy el hombre que podría hacerla feliz. Ya se le pasará. Te prometo que mañana mismo me marcho.

—Pero ésta es tu casa.

—Y tú amas a Mat como a ti misma.

—También te amo a ti.

—Por ese hecho —dijo Carlos riéndose irónicamente cruel— no pretenderás que me case con ella. Y con Mat hay que casarse o pasar a su lado sin mirarla.

—Eso estimo yo.

—Y yo, aunque tú no lo creas, Jaly.

Después cruzó ante ella añadiendo:

—Enseguida bajo vestido.

Jaly entró en la casa y a paso corto se dirigió al comedor.

* * *

Era como una pesadilla para Carlos.

Se hallaba en su cuarto y pensaba obstinado en la expresión plácida de Mat cenando, en la tensión de Jaly, en su propio desconcierto.

No era fácil pasar junto a una mujer que confiesa amor y no tocarla.

Tampoco podía olvidar aquellos besos, los senos túrgidos que había tocado.

La mirada azul arrobada, intensa.

La emoción que hacía oscilar los senos femeninos.

Obsesivo daba vueltas y vueltas en su lecho.

Era la primera vez que le ocurría una cosa semejante.

Decidió irse al amanecer. Ni despedirse de Jaly, ni de Mat, ni de nadie.

Él era un pájaro libre y el mundo le pertenecía por entero y ningún lugar era determinante para él.

Sin lugar a dudas pensaba aterrado que el día que heredó el patrimonio de su abuelo, heredó la pureza de Matilde y eso le sacaba de quicio.

Por ello, al amanecer, bajaba cauteloso con su maleta y su maletín.

Le sirvió de poco.

Debió recordar que Jaly madrugaba y que el día amanecía con ella de pie.

—Una buena idea, Carlos —le oyó decir.

Se volvió sin soltar las maletas.

—Jaly...

—Está bien que continúes tu veraneo —dijo.

—No me gusta huir de mi casa.

—Pero tampoco —sentenció Jaly de modo raro— te gusta ser un cerdo dentro de ella —y quitándole el maletín de la mano caminó delante de él hacia el descapotable que seguía aparcado en el mismo sitio donde lo dejó al llegar el día anterior—. Vamos, Carlos.

—Te das cuenta, ¿verdad?

—De que venías a buscar paz y te has complicado la vida. Sí, querido. Me doy cuenta. Espero que un día, cuando vuelvas, se le habrá pasado a Mat, o yo me la llevaré de aquí.

—Y tú te irás con ella.

—Le voy a enseñar a conducir. Ya sabe, pero la llevaré a Sevilla para que se examine y le den el carnet. Le dejaré mi auto. Sevilla tiene alicientes, hallará amigos. Esto es sólo, o eso espero, una nube de verano, lógico en una chica ingenua como Mat que nunca conoció más hombres.

Metía el maletín en el auto y Carlos la maleta.

—Supones —dijo roncamente— que otros chicos...

—Es natural, Carlos.

Pero le dolía.

Imaginar a Mat en brazos de un desaprensivo le roía las entrañas.

—Jaly —murmuró depositando la maleta dentro del auto—, oye, pienso que no debes precipitarte. Mat es muy cría. No en edad, que para amar es más que suficiente, en su forma de pensar. En la pureza de sus pensamientos... —besaba a Jaly y se iba a sentar al volante—. Mira, Jaly, Mat es una chica pura, sincera. Piensa que está enamorada de mí, pero se le pasará, sin embargo, es peligroso dejarla a merced de chicos de hoy que todo se lo saltan a la torera.

—De todos modos, no va a quedar aquí encerrada toda la vida.

—No, no. Eso tampoco. Pero hay un término medio.

—¿Cuál?

Y la miraba con expresión aguda.

Carlos se sentía incómodo, nervioso, inquieto a más no poder.

—Busca amigas y chicos que vengan aquí. Que se diviertan ante tu mirada vigilante.

—Eso no lo permiten los jóvenes de hoy.

—Pero es que Mat... Mat...

—Carlos, ¿de qué escapas?

Carlos puso el auto en marcha.

Eso, ¿de qué escapaba?

De un encanto, de una pureza rara, inexistente ya.

De algo que le roía dentro.

Era como un deseo enfermizo y un temor a caer en la trampa de su deseo.

—Ya tendrás noticias mías, Jaly. De momento haz lo que gustes. No creo que a Mat le pille de sorpresa que me haya ido...

—Seguro que no.

Y miraba a lo alto.

Veía moverse el visillo del cuarto de Mat.

Pero Jaly no dijo nada a Carlos.

En cambio, cuando el auto arrancó, sí que poco a poco y paso a paso se dirigió a la escalinata y subió por ella.

Llamó a la puerta del cuarto de Mat.

—Pasa, Jaly —dijo la voz suave de Mat.

Jaly la vio erguida, en pijama, con un batín corto encima y descalza...

# 9

—Siéntate si quieres, Jaly, pero no me digas nada.

—Has visto...

—No sé si lo empujé yo a irse. Puede que sí. De todos modos espero que todo esto no tenga demasiada consistencia.

—¿Lo tuyo o la huida de Carlos?

—Lo mío —se lamentó—. Era bonito, pero si Carlos no lo desea, lógicamente no me voy a pasar la vida esperando. No pienso casarme yo tampoco, pero tampoco, añado, quiero sentir un vacío insufrible.

Jaly se sentó al borde del lecho.

—¿Qué me quieres decir, Mat?

—Voy a dejar esta comarca —dijo y su voz era firme—. Me iré a Madrid. Con mi cultura y mis idiomas encontraré trabajo. No tengo derecho alguno a echar de casa al dueño de ella. ¿Entiendes?

Jaly se estremeció.

—Tú no debes moverte de aquí. El mundo no es como tú supones. Ni tan sencillo ni tan fácil. La vida es lo peor que nos ha podido tocar en suerte. No es nada fácil vivirla en paz. Además, si tú te vas, yo me iré contigo.

Mat se sentó a su lado y meneó la cabeza.

—Mira, yo cometí la debilidad de pensar que todo era más fácil. En eso tienes toda la razón. La vida es un préstamo algo absurdo, pero hemos de enfrentarnos a él. Me gustaría vivir esa vida como el resto de los mortales, con sus altos y sus bajos, sus cachitos de felicidad y sus cachitos de desventuras... Me han tenido demasiado tiempo encerrada en un convento y me enseñaron muchas cosas, pero casi todas fáciles, logrables... No es que me hayan engañado, no. Es que tal vez ellas, mis educadoras, pensaron que era así o tal vez es que ellas han tenido la suerte de no esperar nada más. Yo, en cambio, espero mucho de todo este pasaje.

—Sola no te irás.

—Debo vivir, y valorar, y arropada por ti nunca podría hacerlo. No me arrepiento de haberle confesado mi amor a Carlos.

Jaly se agitó.

—¿Se lo has confesado?

Asintió.

—Y él...

—Pudo poseerme, Jaly. Pudo tenerme a su merced. Y no lo hizo. No entiendo aún por qué no lo hizo. Yo hubiera dado todo cuanto soy por él. No es un sentimiento pasajero. Presiento que es fuerte y, aunque el primero, perdurable. Pero la vida oculta sorpresas y como dice el poeta, la mancha de la mora otra la quita.

—Pero también dice algo parecido a que tarda mucho en quitarse.

—Eso es obvio. Condicionante a las evoluciones de la vida misma, todo se condiciona a veces a la voluntad y yo la tengo.

—El sentimiento no entiende de voluntades.

Mat se levantó y paseó el cuarto de lado a lado despacio, con las dos manos perdidas en los bolsillos del corto batín de seda salmón.

En la moqueta sus pasos se amortiguaban.

Jaly la seguía pensativamente con la mirada.

—Creo que mejor que irte tú, será buscarte amigos. Hasta ahora has pasado en este lugar sin enterarte de que fuera de aquí hay un mundo que se mueve, que vive, que se agita.

—No creas que ignoro eso. No pienses que soy tan ingenua. Lo seré por educación, pero no por convicción. Estaré aquí el mes de agosto —añadía resuelta—, pero nada más. No tengo derecho a que Carlos prescinda de su casa por mi estancia en ella.

—Eso es absurdo.

—¿Acaso vas a negarme que escapa? ¿Que venía aquí a buscar su parte de paz? Yo lo he destruido. No a él, su afán a la quietud, al descanso. Te repito que no tengo derecho alguno a que Carlos renuncie a sus derechos más legítimos.

—Es que no debiste hablarle de tu amor, Mat.

—Tampoco —resuelta— tenía por qué callarlo. Es verdad y yo no miento.

—Pero seguro que él no te preguntó.

—Pero sí me besó, y para mí un beso genera o conlleva amor, ¿o no?

Jaly se desconcertó.

—No siempre —dijo a regañadientes—. Y tratándose de Carlos menos.

—Pues yo no entiendo dejarme besar por un hombre al que no ame. Ya sé que no es habitual que eso ocurra. Que un beso o una caricia o una posesión incluso carecen de importancia. Pero en mí no entiendo de dádivas de ese tipo si no deseo hacerlo por algo más poderoso que yo. Lo físico es algo que pasa, que se olvida, que se disfruta y casi siempre se disipa en el recuerdo. El sentimiento perdura... y es lo que me empuja a mí a darme, a no reservarme nada.

—Eres demasiado apasionada —se asustó Jaly.

—Eso lo descubrí con el amor que siento por Carlos. ¿Es un pecado?

—No, no, pero...

—No me digas que teniendo tu mundo y tus vivencias eso es recato que debe guardar siempre la mujer.

—Pues... —titubeó Jaly— iba a decírtelo.

—No lo acepto. Si no sintiera amor y sólo sintiera deseo lo viviría lo mismo. Quiero decir que no tengo por qué ser distinta. Lo soy porque nací así.

—O porque te educaron para ser así.

—No, Jaly. La educación la recibes y la vives un tiempo determinado. A veces siempre, a veces la dejas a mitad de camino. Lo esencial es lo que uno crea, lo que uno sienta, en lo que uno confía. Lo que digan los demás a la hora de valorarlo tú misma no siempre es como te han dicho, y entiendes que es muy distinto.

—¿Hablas por ti misma?

—Supongo que sí.

* * *

Mediaba agosto cuando Carlos llamó un día por teléfono.

Se puso Jaly y lanzó una exclamación de júbilo al oír la voz de su querido y trotamundos muchacho.

—¿Dónde has estado?

—Lo preguntas porque no me has visto reproducido en las revistas de moda.

—Pues algo así, Carlos.

—Me fui a África con unos amigos y disfruté de un largo safari. ¿Cómo anda todo por ahí, Jaly?

—Marcha bien.

—¿Y Mat?

—Entretenida con sus nuevos amigos. Ha cambiado mucho...

Notó un silencio denso.

Después.

—¿Sí? ¿Y eso?

—Pues que aprendió a conducir como te dije y rueda en mi auto hacia Sevilla. Tiene una pandilla de amigos... Sobre todo uno llamado Alfonso que se pasa los días aquí o junto al río con ella enseñando a los críos.

—Jaly, tú sabes que Mat es inocente.

—Es una joven que está desplegando las alas y que le gusta vivir... Se le ha pasado lo tuyo, Carlos. De modo que puedes volver a tu terruño. De aquello ni acordarse.

—Ah.

—Parece que te asombra.

—Bueno... bueno... Uno se hace mayorcito y le gusta a veces que le halague una joven de veinte años.

—Veintiuno. Ayer los ha cumplido y no veas la fiesta que hubo aquí. Estaba la piscina llena.

Chicos de las fincas vecinas. De Sevilla y hasta han venido de Córdoba. Me tomé la libertad de celebrar una bonita fiesta.

—Ya, ya...

—Y tú, Carlos, ¿cuándo arribas?

—¿Y ese Alfonso qué es?

—Alfon... ah, sí. Estudia último de medicina. Un chico estupendo. Muy guapo. Muy apropiado para Mat. Pienso que se está entusiasmando.

—Ten cuidado.

—Mat sabe cuidarse sola, Carlos, y además hay cosas que no se le pueden cerrar a la juventud.

—¿Como qué?

—Que se divierta.

—Sí, claro, claro...

—¿Desde dónde me llamas?

—¿Te ha dicho Mat que... se le ha pasado la calentura?

—¿Cómo? Ah, sí. Bueno, no. Pero hay cosas que no es preciso que una persona las diga, se notan.

—Por lo entusiasmada que está con ese Alfonso.

—Algo así.

—Te estoy llamando desde Madrid. Pienso ir mañana en la tarde. Ya que el camino está expedito y Mat ha olvidado el capricho, me gustaría pasar ahí el medio mes de agosto que me queda.

Después haré un crucero y en el invierno, en la finca.

—No sabes cuánto me alegro, Carlos. A veces pienso que este imperio lo heredé yo.

Una risa al otro lado algo sibilante y después:

—Hasta mañana, Jaly.

Cuando se lo contó a Mat, ella murmuró:

—Me alegro mucho, Jaly. Estoy segura que congeniará con Alfonso.

—¿Ves? Todo se olvida...

—Te refieres...

—A tu imaginario amor por Carlos.

—Ah...

Pero no hizo más comentarios.

Sabía de sí misma mucho más que quince días antes. Y pensaba que en dos semanas mucho puede cambiar el destino de una persona.

—Alfonso —añadía Jaly afanosa— es un chico formidable. Y además positivo económicamente. Terminará médico el año próximo y tras un período para doctorarse...

Mat que se hallaba sentada, se levantó.

Fumaba.

En quince días aprendió a fumar con sus amigos. No le gustaba demasiado, pero sabía ya que un cigarrillo podía calmar los nervios.

Dentro de su pantalón de hilo blanco muy estrecho por los tobillos y un suéter de perlé de manga corta color avellana mezclado con beige, parecía alargar su silueta.

—No estoy segura —dijo con vaguedad— de que Alfonso vaya a ser mi marido. Pero sí sé que a principios de septiembre me iré a Madrid.

—Creí que eso lo habías olvidado.

No.

Ella había aprendido muchas cosas y entre todas ellas la más importante. Callarse.

No demostrar lo que sentía.

No merecía la pena ser sincera.

Tampoco le agradaba engañar a Jaly.

Pero no le quedaba más remedio si deseaba defender su intimidad y ésa iba a defenderla por encima de todo.

En nada se parecía a la joven inexperta e ingenua que llegó del convento.

Y no por haber vivido aventuras amorosas.

Alfonso sabía que eso era tabú entre los dos.

Pero Jaly no tenía por qué saber tales cosas.

—He de buscarme un futuro y no me gustaría enfocarlo con el tópico de un matrimonio ventajoso.

—Matilde, eso es de locura. Lo primero que busca una mujer es eso precisamente.

—No me digas —la miraba agudamente— que tú lo has hecho.

Jaly casi enrojeció.

—Yo me enamoré.

—De un hombre que no supo valorarte nunca.

—Son errores que se cometen.

—Pues yo no quisiera cometerlo, Jaly. ¿Entiendes?

Y besándola con suma gracia y afecto, se fue canturreando.

Jaly se quedó algo desconcertada.

Pensó que conocía más a Mat cuando llegó que a la sazón. Había cambiado. Había hasta crecido, se había hecho mujer.

## 10

Carlos frenó el descapotable y se quedó sentado ante el volante viendo o mirando las evoluciones que el grupo de jóvenes hacía en la piscina.

La vio a ella.

En bikini, delgada, bruñida, con el cabello atado en un nudo en lo alto de la cabeza y a un chico sobre el trampolín. Intentaban tirarse juntos.

Otros tomaban el sol sobre el césped. Algunos se sentaban bajo las sombrillas y los más en la orilla de la piscina con los pies perdidos en el agua.

Mat lo vio y se lanzó al agua de golpe, nadando hacia la escalera. Allí asió un corto albornoz y se lo puso y atándolo atravesó hacia la glorieta donde el auto estaba aparcado y Carlos aún sentado con las gafas de sol puestas.

—Hola, Carlos —saludó ella asiéndose a la portezuela.

Carlos la miraba de forma rara, indefinible. Y después miraba al grupo que la observaba en silencio.

—Me he tomado la libertad de invitar a mis nuevos amigos.

—Has... has hecho bien, Mat. ¿Qué tal?

—Estupendamente.

Las gotas le caían del pelo y le resbalaban por la cara morena.

Los ojos azules relucían más, los dientes, el pelo rubio en aquella morenura casi, casi, negrita.

—¿Cuál es tu ligue? —preguntó.

—No tengo.

—Jaly dice...

—Ah, Jaly siempre me asocia con Alfonso. Es aquél que sigue erguido en el trampolín.

Un jovenzuelo espigado, atlético, pensó Carlos. Muy bien formado.

Rubio, parecía tener los ojos negros.

—Está muy bien —ponderó—. Hala, hala, continúa divirtiéndote. Yo voy a meter el auto en el garaje.

Y se fue pensando que en cierto modo sentía una desazón enorme de haber perdido la devoción de aquella chica...

Para sus veintiún años, Mat no dejaba de ser una chiquilla.

Pero recordaba aún aquellos besos.

Fueron de mujer.

Fueron largos.

Denotaban lo que había de temperamental en aquella chica.

¿Alfonso? Quizá sabía de ella más de lo que supo él jamás.

Bueno, también era lógico.

Jaly andaba por el vestíbulo cuando él entró sacudiendo su visera a cuadros.

—¡Carlos! —gritó alborozada.

Y como si fuera su propio hijo corrió hacia él y se abrazó a su pecho. Carlos, como tantas veces, la levantó en vilo.

La besaba y pensaba que antes de llegar Mat, Jaly daba sus escapadas en auto o en avión y tardaba dos o tres semanas en retornar.

Nunca le preguntó adónde iba ni Jaly parecía deseosa de confidenciar. Cada cual respetaba su modo de ser y de actuar, si bien desde la llegada de Matilde todo era distinto.

—Estás guapísimo, tan moreno, Carlos —ponderaba Jaly ajena a los pensamientos de su muchacho. Déjame que te vea bien.

Vestía pantalón rojo de una tela muy fina que le sentaba como un guante, y una camisa blanca despechugada de manga corta, y un pañuelo rojo y blanco en torno al cuello, el moreno de su piel relucía y los lacios cabellos cayendo un poco sobre la frente le aniñaban.

—Se nota que has estado al aire libre todo este tiempo —dijo—. Te favorece ese moreno tan fuerte.

Carlos siempre cuidó mucho su dentadura y aunque no perfecta, sí que era blanca, limpia y sana. La mostraba al sonreír.

—Mat se ha curado —dijo riendo y señalando hacia el ventanal—. ¿Es así todos los días?

—Ven, siéntate. Cuéntame cosas de tu safari. ¿Lo de Mat? Ah, sí. Pero no siempre aquí. Se suelen ir muchas tardes a Sevilla o a cualquier finca vecina. Son un grupo encantador. Mat no ha dejado de educar a los críos, pero se lo pasa muy bien a la vez. Es lógico, Carlos. ¡A su edad! Todo es novedoso y el que se haya creído enamorada de ti también fue natural puesto que eras el primer hombre que veía desde casi nacer.

—Claro, claro. ¡Qué calor! ¿Tomas algo, Jaly? Yo voy a servirme un refresco.

Se acercaba al bar y como tenía el ventanal altísimo podía ver lo que ocurría en el jardín.

La piscina azul, el césped bordeándola, las sombrillas de colores y los chicos en taparrabos. Morenos, jóvenes, atléticos...

Las chicas, guapísimas.

En lo alto del trampolín volvía a estar Mat dentro de su bikini diminuto, su silueta se erguía morena y mórbida. Vestida, pensaba Carlos, entretanto se servía el refresco, estaba armónica. Casi desnuda, como la veía por primera vez en aquel momento, estaba impresionante...

Parpadeó.

Dejó de mirar y retornó al lado de Jaly, que le esperaba perdida en un diván con sus pantalones vaqueros y sus playeras.

No pasaba el tiempo por Jaly.

Era una mujer delgada y su cara morena, sin arrugas, denotaba una juventud eterna.

Evidentemente, él siempre la consideró una segunda madre y es que Jaly no había parido hijos, pero sin lugar a dudas tenía espíritu maternal.

—De modo que pronto tendremos boda.

—¿Te casas?

Carlos soltó la carcajada, pero un buen observador hubiera notado que la risa terminaba algo ronca.

Realmente pensaba a veces que su vida era estúpida, inútil, que vivir a borbotones todos los días sin más alicientes que ése, no conformaba.

Cuando se tienen veinte años es poco. A medida que el tiempo pasa todo cansa, todo hastía.

—Lo digo por nuestra pupila.

—Ah —rió Jaly—. Mat, no sé, puede. Le conviene ese chico.

Carlos frunció el ceño, bebió un trago, encendió un cigarrillo.

—¿Y por qué supones que le conviene, Jaly?

—Pues... oye, no lo sé. Pienso que es un gran chico que será médico muy pronto, que Mat es maternal y emotiva, que le gusta el hogar, cuidar niños, tener un compañero.

—¿Todo eso te lo dijo ella?

—No, pero lo sé yo. Pregúntaselo y verás.

Bebió otro trago y se levantó yendo hacia el ventanal con el vaso en la mano.

Oteó el jardín.

El sol calentaba aún. La piscina era un buen refugio para el calor. En aquel momento, Mat nadaba ágilmente de un lado a otro como si hiciera campeonato.

—Es muy joven, ¿como Mat?

Jaly se había olvidado de Alfonso.

Por eso preguntó levantándose.

—¿Qué dices?

—Digo el chico de Mat... Es joven. No parece tener mucha más edad que ella.

—Dos años creo. Pero la juventud requiere juventud.

—Seguramente pertenece a una conocida familia sevillana.

—Pues sí. Los Robles de Quesada.

—Mira qué bien.

—¿Decías?

—Nada —farfulló—. Me voy a dar una ducha y a ponerme ropa cómoda. No soporto esta tela en las piernas.

—Seguramente que los chicos se sentirán complacidos de que te bañes con ellos.

Carlos la miró furioso, si bien Jaly pensó que sólo la miraba irónico. Se fue sin responder.

* * *

Se metía el sol y Carlos dentro de sus pantalones cortos y su camisola holgada, con un junco en la mano daba un paseo por la pradera.

Sentía que se iban los autos con los jóvenes y que gritaban para hablar.

Alzó un poco su visera para ver los autos cruzar el sendero que separaba su propiedad de la carretera vecinal levantando polvo.

Era un bonito crepúsculo y Carlos pensó que lejos de su tierra siempre echaba de menos aquella pureza, aquel cielo que de un azul intenso, al llegar la noche se tornaba grisáceo y se cubría de puntitos luminosos.

Los ruidos del riachuelo que discurría cercano, el mover lento de las hojas de los árboles, el gemido de la lechuza oculta... Todo tenía su encanto.

Y todo su remanso de paz.

Al fin y al cabo era algo que él iba necesitando.

Hogar y paz. La vida intensa iba dejando su huella. Sin años además, que era lo más lamentable.

Un día seguramente miraría atrás y contaría sus días vividos y sus pasiones y sus vicios y se reiría flácido, se sentiría absurdo y se terminaría diciendo que con tanto vivir, no había vivido absolutamente nada.

Su amigo Ignacio Sanlucas, un trotamundos como él, que renegaba del matrimonio, a la sazón y de repente, se había casado.

Fue sorprendente llamarlo a su clínica de Madrid y oír la voz familiar de Katty.

La enfermera de siempre.

Una chica guapísima.

Ignacio tenía amores con ella, pero de esos amores que no dejan huella, que se vivían y se olvidan pero se convierten en hábito, en necesidad y se vuelven a vivir.

Nunca pensó que terminaría casado con ella y, hete aquí que Katty fue la primera noticia que le dio.

—Nos hemos casado, Carlos.

Fue como un golpetazo.

No se imaginaba a un renegado del matrimonio como Ignacio casado y feliz y además esperando un bebé.

No se lo creyó a Katty, pensó que le estaba tomando el pelo, pero cuando pasó a visitarlos, sintió dentro de sí como un conato de envidia.

Eran una pareja feliz.

Se les notaba compenetrados, necesitados uno del otro.

Después Ignacio se lo explicó.

—Mira, me cansé de estar solo, de vivir aventuras estúpidas. De tantas mujeres que conocí, la única que me entendía y la que me seguía gustando era Katty. Así que un buen día se lo propuse. No creas, Katty se lo pensó. Una cosa es ser amiga sentimental de un hombre y otra su mujer con todos los derechos y todos los deberes. Pero accedió al fin. Los dos nos dimos cuenta de que lo nuestro empezó por placer y terminó por placentera necesidad. Es tan fácil de entender...

Oía la campana.

Retornaba a paso corto.

Dejó de pensar y con el junco azotó los matos que bordeaban el sendero.

Oía el cántico de los mozos y el rasgar de las guitarras. Agosto aún estaba en su apogeo y después de las labores del campo a las gentes les gustaba divertirse aunque tuvieran después que levantarse al amanecer.

Él nunca apreció tales situaciones, pero a la sazón las iba comprendiendo y valorando.

Y hasta sentía como un poco de envidia de aquellas parejas que se perdían por los campos y aquellas otras que al pie de sus casitas blancas conversaban apaciblemente.

Niños que corrían. Jóvenes que iban creciendo. Adolescentes que buscan su pareja.

Entró en casa por la parte de la piscina silenciosa.

Y en el salón se topó con Mat.

Vestía ya una falda de colores floreada y una camisa haciendo juego.

Estaba francamente preciosa.

—Creo haber sentido la campana —dijo.

—Sí, Jaly está esperándonos.

—Pues voy a ponerme unos pantalones y bajo en seguida.

Mat se fue al comedor donde Jaly empezaba a impacientarse.

—Yo no tengo la culpa —rezongó Mat—. Es que Carlos se ha entretenido paseando.

—Parece haber regresado aburrido.

—O harto de tanto mundo y tanta aventura —le cortó Mat.

Después se sentó.

Y cuando apareció Carlos con pantalón azul y la misma camisola, comentó animada:

—Mis amigas dicen que eres un tipo muy interesante.

Él rió pálidamente.

Jaly se sentaba con ellos a la mesa y empezaron los tres a comer con un silencio denso, pero que no entendían ninguno entre sí, salvo que estaban existiendo y que algo se rompía dentro de cada cual. Fue mucho más tarde cuando Jaly andaba ya liada en la cocina con el servicio, que Carlos salió al porche y por nada tropieza con las largas piernas de Mat estiradas sobre la misma hamaca en la cual casi se tendía.

# 11

Al pronto quedó envarado y después se sentó sin decir palabra no lejos de ella en otra cómoda hamaca de colores.

—Se está bien aquí —comentó—, pero con el aire acondicionado casi prefiero el interior de la casa.

Se calló al ver un punto rojizo que se iluminaba.

—Mat... Estás fumando.

—Ah —exclamó ella—, sí. Es verdad. Estoy aprendiendo. No es que me encante, pero suelo hacerlo.

—Pues harías mejor en dejarlo.

—¿Por qué?

—Cuando te hayas habituado no podrás dejarlo. Es un vicio nocivo.

—Pero tú fumas.

—Yo hago muchas cosas que no se deben de hacer, pero no tuve la suerte de que me lo dijeran a tiempo —y sin transición—. ¿Fue Alfonso quien te enseñó?

—Entre todos. Ellos fuman también, pasar sin hacerlo para ser diferente fastidia.

—¿Le amas?

Así de sopetón.

Apenas la veía.

Y es que el farol amarillento le daba justo en la espalda y ella quedaba como difusa en la oscuridad.

—No.

Carlos se agitó en la hamaca.

—¿No?

—Pues no. Es un buen amigo.

—Jaly dice...

—Jaly tiene muchas vivencias, mucho mundo, pero el mío pienso que es distinto y no lo entiende tan bien como piensa.

—De todos modos... —un titubeo— lo pasas bien con la pandilla.

—También con los chicos junto al río. Eso es cuestión de conformismo.

—Ah...

Y se quedó callado.

Pero sí que encendió un cigarrillo.

—Este invierno me iré a Madrid. Quiero emanciparme.

—Aquí tienes un trabajo y la escuela contigo está muy bien atendida.

—De todos modos no es mi futuro. No me lo planteo así.

—¿Cómo te lo planteas?

—Casada, con hijos, feliz en un hogar sencillo. Puede que sea muy vulgar —su voz se apagaba—. No sé. O tal vez el hecho de no haber sentido nunca una ternura viva junto mí. Nunca supe qué cosa sentía dentro, pero sí que supe hace muchos años que me gustaría tener un hogar, hijos y un marido a quien amar mucho. A ti que eres contrario, todo esto te parecerá un tópico.

No tanto. De repente o quizá poco a poco, en pausas o sin ellas él empezaba a pensar que también le faltaba algo.

—No, Mat —dijo vagamente—. No. Yo acepto siempre lo que desean y necesitan los demás. No me planteo las cosas sólo porque yo las necesito así... Eso por una parte, y por otra pienso que voy necesitando yo un remanso y algo que sea verdaderamente mío. Dirás tú que tengo dinero y poder por poseer el dinero, pero yo estimo que el dinero es de todos y va de mano en mano y al final no se sabe cuántos miles de personas lo han tocado. Dirás que te pongo una comparación estúpida, pero no sé en este momento buscar una mujer con el fin de decir lo que yo siento. No soy como antes. No me siento igual y eso me produce una sensación de vacío, de impotencia.

Guardó silencio.

Mat aplastó el cigarrillo casi entero en el cenicero que estaba a su alcance.

Después echó la cabeza contra el respaldo de la hamaca.

—Creo que yo he cambiado. He madurado —dijo sin sutilezas—. Cuando sufres por una causa sea determinada o indeterminada, parece que te crece el sentido, que enriqueces la vida, no sé, te diría, yo también me siento como si hiciera años que dejé el convento y no hace ni tres meses.

—En tres meses una muchacha puede convertirse en mujer. Es fácil, Mat.

—Si lo dices por Alfonso...

—Si no le amas... No sé qué decirte.

—Yo sigo amándote a ti, Carlos —dijo ella con suma sencillez.

Carlos se electrizó.

Se puso en pie.

Fumaba muy aprisa.

—Qué tontería —murmuró confuso—, qué tontería.

—Eso es lo que me digo yo todos los días. ¡Qué tontería! Qué manera de pretender coger el cielo con los dedos.

—Pero si yo soy un perdido, Mat. ¿Por qué has de amarme?

—¿Es que el amor tiene un nombre personal? ¿No es algo genérico, digo yo, algo que crece, toma forma y medra hasta el infinito?

Carlos volvió a sentarse.

Pero esta vez se inclinaba hacia adelante.

—Jaly piensa que un día te casarás con Alfonso.

—No lo haré nunca —replicó con voz firme—. Nunca. Y pienso que tiene todas las virtudes necesarias para ser amado. Pero también llegué al convencimiento de que no por ser virtuoso se ama a una persona. El amor es como una droga. O un licor que si lo bebes y te agrada, te hace hábito. Debo ser muy sentimental y muy romántica, o no ser ninguna de ambas cosas y sólo ser vulgarmente apasionada.

* * *

Carlos tan inclinado estaba hacia ella que podía ver en la penumbra sus ojos relucientes.

Le tomó la cara entre sus dos manos.

—Mat, ¿sabes lo que dices?

—Siempre lo he sabido.

—Pero la convivencia... ¿Te has puesto a pensar si somos uno para el otro tan necesarios? Si ese amor tuyo, y que en cierto modo me halaga y me emociona, es el compendio de un futuro entre ambos.

—Supongo que sí, Carlos. No estoy segura de nada. Pero si Jaly piensa que por salir con la pandilla he olvidado, a ti te digo porque entiendes de esto más que ella, que olvidar ya no es posible.

—Tu amor es un regalo, Mat.

—No, porque pediré otro tanto.

Carlos se agitó.

Fue fácil besarla.

Buscarle la boca y hallarla en seguida y además abierta, generosa, excitante.

—Mat...

—No digas nada, Carlos. Será mejor —y estremecida, siseante aún con la boca perdida en la suya, añadía—: Me gustaría pasar la noche a tu lado.

Carlos no dio un salto.

Pero sí quedó tenso.

La soltó de súbito como si ella quemara.

Erguido se perdía en la penumbra y se apoyaba como desfallecido en una columna.

—¿Sabes lo que dices?

—Sí.

—Pero...

—Es la única forma de que yo me entienda, de entenderte a ti, de que tú comprendas o comprenda yo.

—Pero tu virginidad.

—¿Qué virginidad?

—Mat...

—La virginidad está en la mente, no en el cuerpo. Si yo me entrego a ti, es porque te amo. No se me ocurriría hablar esto con otro. No me ves y por eso siento que mi voz suena, pero no me gustaría que vieras la rojez de mi rostro.

—No merezco tu sensibilidad.

—Y participas de ella.

—¿Qué dices?

—No lo sé, Carlos. Temo decir demasiado o quedarme corta. No concibo que amando así tú no me correspondas. Además, ¿te conozco tan poco después de haber pasado tanto tiempo pensando en ti? Eres joven y a veces en tus hastíos pareces viejo. ¿Qué buscas en la vida? ¿Placeres? ¿Y por qué no ha de poder dártelos todos juntos una misma mujer?

Fue brusco para asirla del brazo y alzarla hasta sí.

Pegarla a su costado.

Se diría que pretendía hacerle daño.

Pero realmente sus dedos en el brazo desnudo eran como una prolongada caricia.

—Mat, Matilde, ofreces demasiado para casi nada.

—¿Estás seguro?

Veía su boca.

Apenas sus ojos.

Los senos oscilantes.

La besó.

Fue largo aquel beso, prolongado, como interminable.

La sintió pegada a él instintiva, apasionada, con esa vehemencia juvenil que no sabes de dónde parte ni cuánto va a durar.

La quiso así.

La sintió en su cuerpo.

—Mat...

—No estás seguro de nada, Carlos. Has trotado, has vivido y has tenido la libertad que has querido. ¿Eres feliz?

—¿Y por qué tú penetras así en mis dudas?

—Porque las vivo, las intuyo, las presiento.

La soltó un poco pero con la mano libre le pasó los dedos por el pelo. Se lo alisó con súbita ternura.

—Mat, no vengas a mi cuarto. No quiero ¿sabes? Nos casamos si gustas, pero déjame vivir con la ilusión tremenda de poseerte cuando seas mi mujer.

—¿Y si te decepciono?

—¿Lo ves? Tu duda ya es por sí sola una garantía.

La soltó del todo.

En la penumbra Mat lo veía erguido, tenso.

No sabía si luchaba consigo mismo o con un sentimiento nacido en aquel momento o mucho tiempo antes. Tal vez cuando nació en ella.

No podía atosigarlo ni quería.

Así que se acercó en la penumbra y con sus dos manos le asió el brazo.

—Carlos, déjalo así.

Por toda respuesta, Carlos le asió las dos manos sin mirarla y se las oprimió de una forma cálida, admirativa.

—Eres increíble, Matilde —dijo reverencioso—. Y no entiendo cómo puedes ser así luego de haber vivido en la más absoluta soledad espiritual —giró la cabeza y alzó una mano que volvió a pasar suave y cálida sin malicia, sin deseo, por el lacio cabello rubio—. Regularmente, casi siempre, el que crece así se torna resentido, odia, desprecia y sólo se ama a sí mismo. Ya me ves a mí sintiendo siempre tanto, a tu lado me veo chiquito, insignificante.

—¡Cállate!

—No, hay que ser sincero. Por una vez al menos, déjame serlo. Tal vez de esa manera me desahogue, me encuentre a mí mismo, analice fríamente cada pecado de mi vida, cada fallo. He tenido muchos... No sé si ahora los quiero seguir teniendo. Eres tan dulce, tan sensible, tan sincera... Mira, te contaré. Sentí celos. Feroces celos de Alfonso. ¿Razones? No las quise entender, o soy tan necio que no quise entenderlas para sentir a la vez una tranquilidad falsa. Ahora sé porqué. Debo amarte, Mat. Debo amarte mucho... Mi deseo, que si bien existe, forma parte de un sentimiento y es natural que exista. Y esa pasión que ofreces, la vivo en mí, pero no sería capaz de vivirla esta noche a borbotones cuando sólo siento en este instante una admiración sin límites por ti. Y no porque seas así o asá, Mat. No. ¡Qué me importa a mí si un día te has besado con Alfonso! ¿Lo has hecho? No me lo digas. Y es que además no tienes que decírmelo.

—No me besé, Carlos.

—Pues si lo hicieras, igual sentiría esta veneración súbita que siento, este detenerme, este querer estar contigo. Este sentirte como te siento, sensible y dulce...

La apartaba de sí.

—Carlos, ¿por qué?

—Es mejor para los dos... Vete, entra en casa. Déjame a mí dar una vuelta solo, reflexionar, sentir que quiero ser leal, totalmente leal contigo y conmigo mismo.

Se iba.

Mat sintió sus manos vacías sin la presión de los dedos masculinos.

# 12

Jaly lo encontró allí, pegado a la columna. Lo vio raro o quizá sólo tenso.

—Carlos.

No oía.

Miraba al frente.

Buscaba algo en la penumbra o quizá sólo buscaba la sombra de sí mismo.

—Carlos, ¿te ocurre algo?

Giró la cara.

—Jaly..., debe de ocurrirme algo o muchas cosas.

—¿Qué dices?

—No sé qué decirte. No sé, Jaly. Me siento diferente y lo raro es que sin darme cuenta empecé a sentirme así aquel día que tú volviste de Barajas.

—¡Carlos!

—No grites, Jaly, y acércate a mí. No pienses que soy un tonto ni un sentimental absurdo ni un romántico fuera de época. Uno corre, se divierte, vive, se atosiga en las pasiones y las siente, pero no dejan nunca huella. Sólo las revives al volverlas a vivir con otra. No sé si me explico.

—Es que pareces tonto, Carlos.

—Puede que lo sea. O mejor que te lo parezca. Uno anda por la vida buscando el goce y lo encuentra. ¿Para qué negarlo? Pero lo lamentable es que no perdura, que no se arraiga. Y de repente un día, en un segundo... Pero no es ni en un día ni en un segundo, Jaly. Es que ha pasado el tiempo y has llevado sobre ti una semilla que se hace enorme y que de repente no te cabe en el pecho. Que lo descubras en un día o en un momento es una cosa, que haya existido antes, es otra.

—¿Me hablas en metáfora?

—Puede, puede.

Y Jaly sintió en sus dedos la presión de aquellos otros nerviosos.

—Amo a Mat, Jaly. ¿Sabes? La amo para casarme.

Jaly escapó de su mano, de su proximidad.

—Carlos, no tienes derecho.

—¿A ser feliz?

—A engañarte a ti mismo.

—No me engaño. No puedo engañarme. Te contaré, ¿quieres?

—Sí, estás distinto.

Sí, lo sabía.

Distinto porque sentía otras cosas, otros deseos, unos sentimientos diferentes.

—Debí de ser falso o vivir en falsedad hasta ahora... Ya no más, Jaly. Ya no más. Estoy cansado —y en la penumbra llevaba los dedos a la frente y retiraba el cabello—. Uno se engaña, se afana y disfruta y se da cuenta de súbito de que todo es mentira. Ya ves, a mi edad, cuando muchos hombres casi empiezan a vivir, yo me siento acabado. Pero acabado para continuar la misma ruta, y en cambio nuevo para emprender otra.

—Carlos —murmuró Jaly asombrada—, estás siendo sincero.

Él sonrió.

En la noche sus dientes relucieron.

—Es que para no ser sincero, hubiese callado, Jaly. Te cuento esto a modo de justificación de una vida que he vivido y que me ha cansado. Pero no me he cansado de vivir, sino que en ese recorrer desenfrenado mío, tropecé, hallé la pena que detuvo mi loco recorrido y sentí en mi cara el aleteo de una brisa consoladora. ¿Seré necio, Jaly?

—No, Carlos —sollozaba Jaly— no, no. Es ahora cuando en realidad empiezas a vivir.

—Y además, cosa grandiosa, estoy enamorado.

—De Mat.

—Sí, de ella.

—Pero ella…

—No sigas. No vuelvas a dañarme con el recuerdo del jovenzuelo de Alfonso. Ella no le quiere. Es a mí a quien ha querido siempre. ¿Por ser el primer hombre que vio frente a frente? No sé. Prefiero pensar que desperté en ella un sentimiento. No un deslumbramiento masculino.

—Hasta para amar —se mofó emocionada Jaly— vanidoso.

Lo veía alejarse.

—Carlos —llamó.

Apenas volvió el rostro.

Jaly vio sus ojos negros expresivos.

Eran diferentes.

Miraban sin pecado.

Sin ansiedad, serenos y apacibles.

—Dime, Jaly.

—¿Cuándo?

—Dilo tú, y Mat... Yo cuanto antes.

—¿Así?

—¿Puedo evadirme de esa realidad que estoy viviendo?

—Ya no. Yo te conozco, Carlos. Te conozco bien. Es cierto lo que sientes, es sincero...

Lo era.

¡Si sabría él!

Fue luego, mucho más tarde cuando sintió aquellos tenues pasos.

Estaba en su cuarto.

Vagaba por la moqueta descalzo, perdido en su pijama de seda fresco y holgado.

La vio en el umbral.

Radiante, tímida, sofocada, pero ella.

Ella en su pureza, en su sensibilidad, en su realidad.

Un pijama corto, una chaqueta holgada, un pantalón que le cubría apenas los muslos.

—Mat.

—¿No quieres? —titubeante.

No sabía si quería.

Tenía miedo de destruir su pureza, y él amaba aquella pureza.

—¿Hoy? No eres mi esposa.

—Pero soy tu mujer.

—¡Mat!

La sintió cálida en sus brazos.

Diáfana, pura, sincera.

—Es que... no sé vivir..., pero quiero que tú me enseñes. Y si no logro aprender... déjame. Déjame.

Se sentía impotente.

Por un lado era el hombre enamorado que pretendía respetarla.

Por otro el hombre que la deseaba.

Pudo el último.

¿Luchar?

¿Contra qué y contra quién?

La aferró contra sí.

La llevó a su lado.

—Mat, ¿estás segura?

—Sí...

—Es que yo...

—Tú me amas, Carlos. ¡Me amas!

La amó, la deseó, la poseyó.

¿Huir?

¿De qué?

Era todo cálido y apasionante.

Vehemente, voluptuoso.

Una chica increíble.

Una mujer completa.

Una muchacha que jamás conoció, porque era ella, ¡únicamente ella!

—Carlos...

—Si...

—¿Qué dices?

—¿Decirte?

—¿No dices nada?

No decía nada, y es que no podía.

Por primera vez le embargaba la emoción, la ansiedad, el placer más absoluto, mezcla de ternura y pureza dentro de todo lo material que tenía aquella posesión.

Se conocieron.

En profundidad.

Se dio cuenta, además, de que nada en la vida le podría llenar tanto.

Era una posesión suave, lenta, erótica y a la vez sublime.

Embriagadora.

No supo cuándo la sintió deslizarse a su lado.

Pero sí supo cuándo quiso retenerla.

—Mat...

—Ahora ya... ya... me conoces.

—Y tiemblas.

—Es que...

—No me digas. Sé... sé lo que te pasa.

Y vaya si lo supo.

Se casó dos semanas después.

¿Para qué decirle a Jaly que pasaba cada noche a dormir con él y salía como ladrona en los amaneceres?

No tenía importancia para Jaly, pero sí que la tenía para ellos.

La quiso así como era, vehemente, pura, inocente, aprendiendo cuanto él le enseñaba.

Fue una boda multitudinaria con todo el personal de aquel imperio, y, sin embargo, se diría que solos, porque sólo ellos sabían mucho uno del otro y nadie más.

Nunca nadie entró en su secreto erótico.

En sus intimidades.

En sus respectivas pasiones amorosas.

Por eso Jaly le decía cuando ellos tomaban el auto para irse en viaje de novios.

—Cuídala, Carlos. Ya sabes lo que llevas.

Carlos sonreía.

Y también Mat.

No lo sabía Jaly, pero ellos dos, sí que sabían.

De besos, de caricias, de prolongados silencios recreativos, de posesiones placenteras y voluptuosas, mutuas.

¿Contar a alguien aquello?

Era muy suyo.

Y lo estaban continuando en aquel parador al anochecer.

—Tu copa, Mat.

—Mi copa —reía ella.

—Golfa.

—Como tú me hiciste, como tú me necesitas, para que no busques nunca otra mujer que te complazca.

No podría buscarla.

La tenía a ella.

Y tenía un tesoro.

La mujer de verdad y la pureza de Matilde que compartían solos y a secas.

Sabiendo uno del otro.

Viviendo del mismo goce.

Los besos quemantes.

Las caricias...

—¿Nos emborrachamos, Carlos?

—Pero niña...

—¿Niña?

—¡Mujer! —dijo él ahogado—. ¡Mujer! Y qué mujer eres, pura y virgen, Mat.

## Otros títulos de Corín Tellado en Punto de Lectura

*La boda de Ivonne*

La joven Ivonne Fossey trabaja en una clínica privada a las órdenes del mezquino doctor Kleibert. Éste se encapricha con su empleada y trata de seducirla por todos los medios, consiguiendo solamente que ella le desprecie. Pero Ivonne se halla en una difícil situación familiar: su tía anciana está enferma y sólo Hans Kleibert puede operarla. Así que, para salvar a su tía, debe acceder a una boda con un hombre al que aborrece.

*Boda clandestina*

Ketty Iwahinosky es una joven de veinte años que vive una situación muy complicada: es huérfana y debe hacerse cargo de sus dos hermanos pequeños y de la empresa familiar, unos importantes astilleros. El testamento que dejó su padre le impide casarse antes de los veinticinco años y su madrastra vigila todos sus movimientos. Cuando conoce a Roberto, un ingeniero completamente desengañado del amor que no quiere ni oír hablar de las mujeres, una oleada de sentimientos desconocidos se apodera de ella.

*La Colegiala*

Denise Winters es una aristócrata inglesa que acaba de salir del internado donde ha pasado toda su adolescencia; esa es la razón de que no conozca las reglas y los prejuicios de la clase a la que pertenece. Cuando se encuentra con Jack, un orgulloso periodista de sociedad, queda fascinada por él. Pero las presiones de su entorno y el difícil carácter del joven pondrán las cosas muy difíciles a su historia de amor.

## Otros títulos de romántica en Punto de Lectura

*Paraíso violento*
Jennifer Blake

*La llama de la vida*
Catherine Cookson

*Arabella*
Catherine Coulter

*Canción audaz*
Jude Deveraux

*Amor en el castillo*
Christina Dodd

*La indomable*
Jane Feather

*Despertar a la pasión*
Julie Garwood

*Condena de amor*
Virginia Henley

*Ambición mortal*
Victoria Holt

*Pirata*
Fabio Lanzoni

*Algo más que deseo*
Johanna Lindsey

*Miedo de amarte*
Patricia Maxwell